IHR ROCKSTAR MILLIARDÄR

MÄCHTIGE MILLIARDÄRE, BUCH 2

JESSA JAMES

it

JEDER TYP HAT dieses eine Mädchen, das er verloren hat. Das Mädchen, das seine Welt war, bis er es verbockt hat. Ja, ich hatte auch eine. Crystal Kerry. Scheiße. Nur ihren Namen zu denken war wie ein Stich ins Herz. Meine Eier taten mir weh. Sie war perfekt gewesen. Meine verdammte Highschool-Liebe. Ja, Liebe.

Ich hatte ganz vergessen, wie überfüllt New York war und musste mich zwischen den Menschen auf dem Gehweg hindurchdrängen. Scheiße, das hier war doch Wahnsinn. Aber, ich war nur irgendjemand. Ich war nicht Kit Buchanan, Leadsänger von Nightbird. Ich war nur ein Typ in dieser Menschenmenge. Scheißen Dank auch. Ich dachte nur an

Crystal und brauchte jetzt keinen Fan, der mich aufhielt und ein Selfie oder Autogramm auf den Titten haben wollte. Ich wollte mich in Gedanken an die Eine verlieren, die ich verloren haben. Nein, die eine, die ich abgeschoben und zerbrochen habe, wie ein Panzer, der süße, weiche Kätzchen überfährt.

Crystal war die Eine gewesen. Sie war liebenswürdig und einfühlsam und hatte vom ersten Tag in der zehnten Klasse ein Lächeln für mich. Sie ist mit einem Stipendium an die Withfield Prep gekommen. Unsere Mitschüler wussten, dass sie aus dem Armenviertel kam. Sie deckten ihren Arbeiterhintergrund auf, obwohl sie in ihrer blau-grünen Schuluniform aussah wie alle anderen.

Es war hart für sie als Neuling. Als schöner Neuling. Alle die Mädchen, die mit den Jungen flirteten—und fickten, hatte mit einem Mal Konkurrent. Nicht, dass Crystal je etwas getan hätte. Es reichte, dass sie schön war. Die Jungen nannten Crystal Frischfleisch. Mit ihren blonden Haaren und hellblauen Augen sah sie so vornehm aus, wie alle anderen auch. Aber anders als ihre Klassenkameraden, wusste sie nichts von ihrer Wirkung. Sie wusste nicht, dass sie heiß war. Nicht durchschnittsheiß, dass jeder Teenager sie vögeln wollte, sondern so heiß, dass sie Nacht für Nacht feuchte Träume verursachte. Oder man kam in der Dusche, während man an ihre frechen Titten und heißen, langen Beine dachte.

Es war ok, dass ich auf sie scharf war, aber nicht andere. Vor allem nicht die Arschlöcher aus dem Lacrosse-Team, die eine Wette abgeschlossen hatten, um zu sehen, wer sie als erstes ficken würde.

Das habe ich schnell geklärt. Für meinen ersten Schlag wurde ich drei Tage suspendiert, aber ich hätte es sofort wieder getan. Niemand fasste Crystal an. Niemand...außer mir. Sie gehörte mir. Ich wusste es von dem verfickten Moment an, an dem ich sie zum erstem Mal gesehen hatte.

Meine Eltern haben mir für die Schlägerei die Hölle heiß gemacht. Für die Suspendierung. Für die Stunden, in denen ich Gitarre gespielt und Songs geschrieben habe. Ich denke, ich habe mit gleicher Münze zurückgezahlt. Ich war nicht der verlorene Sohn, der zukünftige CEO von Scheiß Buchanan Manufacturing, ich war kein typischer Buchanan. Scheiße, ich wurde mit einem goldenen Löffel geboren, aber ich habe ihn ausgespuckt und nach einer Gitarre gegriffen. Ich war das verdammte schwarze Schaf in der Familie. Immer noch. Nachdem meine beiden älteren Brüder Whitfield verlassen haben, um an Eliteunis zu studieren, wurde der Druck nur noch größer.

Egal. Auf die Chancen habe ich verzichtet als ich zehn war und lieber Gitarrenunterricht haben wollte, anstatt Beethoven auf dem Klavier zu spielen. Ich wusste, ich würde nicht mithalten können. Die Anstrengungen hätten sich nicht gelohnt.

Im Gegensatz zu mir wollte Crystal auf Whitfield erfolgreich sein. Verdammt, es war ihre Chance, die Gelegenheit aus der Scheißumgebung, aus der sie kam, auszubrechen. Ihre Mutter war eher der Fußabtreter für ihren ewig besoffenen, arbeitslosen Vaters und dies war ihr Ausweg. Und sie hat ihn verdammt noch mal genutzt. Sie hatte nur Einsen und hielt am Ende die Abschlussrede. Sie hat das alles geschafft, obwohl ich ihr wie ein liebeskranker Idiot überallhin gefolgt war. Aber ich liebte es sie zu beschützen. Sie war mein Leben und ich war so viel mehr als nur ihr Freund. Ich war ihr bester Freund. Sie hatte mir alles erzählt, alles gegeben.

Ja, sie hat mich nur einmal angesehen und war dahin. Aus irgendeinem verfickten, wunderschönen Grund mochte sie meine Ecken und Kanten, die Tatsache, dass ich mich nicht anpasste, mich einen Scheißdreck um die anderen kümmerte. Sie wusste, dass ich ihr Beschützer war und alles für sie tun würde. Es war für uns beide das erste Mal gewesen, aber sie war für mich keine Beute. Nein. Sie hat sich mir eines Nachts auf dem Rücksitz von meinem Pickup hingegeben. Wir waren verliebt und haben es uns auch gegenseitig gesagt. Ich bin gekommen, also sie nackt und feucht auf meinen Schoß sank. Es war einfach zu viel für einen Siebzehnjährigen. Crystal und Kit. Wir waren untrennbar. Ich wusste, dass ich sie nicht verdient hatte. Ich war ein verwöhntes Kind. Ich musste nie so hart arbeiten wie sie. Sie war so schlau, so verdammt schlau, und ich tat alles in meiner Macht, um sie vor den eifersüchtigen Schlampen und den Wichsern zu beschützen, denen das gleiche aufgefallen war wie mir. Sie war nicht nur schlau, sondern wunderschön mit ihren Kurven und dem umwerfenden Lächeln.

Ich war der schlimmste von ihnen. Ein schnelles Lächeln, ein heißer Kuss und ich hätte alles gemacht, was sie von mir verlangt hätte, sogar gelernt. Vielleicht hat sie mich ja zu meinem Abschluss gefickt. Meine Noten haben am Ende für einen Abschluss gereicht und ich konnte ihre Abschlussrede hören. Sie hat mich die ganze Zeit mitgezogen, bis sie mir eines Freitagabends mitteilte, dass sie ein Stipendium für Stanford erhalten hatte, was sie aber wegen mir nicht an nehmen wollte.

Da wusste ich es. Da erkannte ich, dass ich nicht gut für sie war. Ich war eine Sackgasse. Ich würde nicht aufs College gehen. Verdammt, meine Eltern hatten gedroht meine Mittel zu streichen, wenn ich weiter Musik machte, aber das war mir egal.

Nein, Crystal konnte Karriere machen. Aber nicht mit mir. Also musste ich sie auf die einzige Art und Weise von mir befreien, die ich kannte. Ich sorgte für das Gerücht, ich hätte Lindsey Mack gefickt, während ich hinter Crystal her war ohne sie wirklich zu lieben.

Ich habe Lindsey nie angefasst, aber Crystal wusste das nicht.

Mein Handy klingelte und brachte mich zurück

in die Gegenwart. Ich fischte es aus meiner Tasche und weichte einer Frau mit Kinderwagen aus.

„Was?", brüllte ich ins Telefon.

„Soundcheck ist um vier", Tia Monroe war als Bandmanager unbezahlbar, aber auch eine Qual.

„Gut, ich komme. Aber es kann etwas später werden", ich wusste nicht, wie lange es dauern würde, bis ich Crystal endlich wiedersah.

„Später? Wieso?"

„Ich muss noch was erledigen." *Jemanden wiedersehen.*

Ich hörte das Tia weitersprach, legte aber auf. Dachte an Crystal. Tia und die Band konnten warten. Ich habe die letzten zehn Jahre meines Lebens in Tourbussen und Plattenstudios verbracht, die konnten jetzt auch mal eine halbe Stunde warten, während ich Crystal wiedersah. Das Wissen, dass wir in der gleichen Stadt waren, hatte alles wieder hochgebracht.

Scheiße, selbst nach zehn Jahre hatte ich ein schlechtes Gewissen, als ich an ihren Gesichtsausdruck dachte, während ich es ihr beichtete. Beichtete, was ich *angeblich* getan hatte, Lindsay Mack hatte für den ganzen Jahrgang die Beine breit gemacht und ihr waren die Lügen egal. Verdammt, sie hasste Crystal und war froh, ihr eins auswische zu können.

Während ihr die Tränen über die blassen Wangen liefen, drehte sie sich um und rannte fort. Fort aus meinem Leben. Direkt nach Stanford.

Graduate School. Und dann weiter. Sie hasste mich wahrscheinlich immer noch, aber damit konnte ich leben. Sie war viel zu gut für mich, war es immer gewesen. Sie konnte mich hassen und ihren Traum leben.

Sie hat genau das gemacht, was sie wollte. Erfolgreich. Verdammt sie hatte es geschafft. Ich stoppte vor dem dreigeschossigen Buchladen in der Fifth Avenue. Sie war hier um Bücher zu signieren. Ich hatte ihre Spur verloren, als sie nach Kalifornien gezogen war, aber vor sechs Monaten habe ich den Fernseher eingeschaltet und dort saß sie in der Latenight-Talkshow. Das Buch, das sie vor ein paar Jahren geschrieben hatte, war auf der Bestsellerliste der *New York Times* eingeschlagen. Sie hatte ihre Story für mehrere Millionen verkauft und neben ihr saß der heißeste Arsch Hollywoods, der den Helden in ihrem Agententhriller spielen sollte. Der Wichser fasste sie an, flirtete mit ihr. Und sie lächelte zurück, aber ich kannte das Lächeln. Spröde. Angestrengt. So wunderschön, dass auch mein Schwanz auf ihre blauen Augen und rosa Lippen reagierte. Sie zwinkerte und lachte und reagierte für das Publikum genau richtig, aber ich kannte Crystal. Mein Mädchen stand nicht gerne im Mittelpunkt.

Und sie war immer noch mein. Ich kannte jeden Zentimeter ihres Körpers, wusste wie sie gerne berührt, geküsste, gefickt wurde. Sie war berühmt. Reich. Sie wohnte nicht mehr im Armenviertel. Verdammt, sie hatte ihren Weg gefunden.

Ich war so verdammt stolz auf sie. Wie hoch war die Wahrscheinlichkeit, dass ich während einer Tour in der gleichen Stadt war, wie sie? Als ich ihr Gesicht auf einer Anzeigentafel gesehen hatte, hatte ich gewusste, dass ich sie sehen musste. Ich musste sie sehen, um einen anderen Gesichtsausdruck als ihr gebrochenes Herz zu sehen. Diese traurigen Augen, die Tränen verfolgten mich noch immer. Ich hatte nicht zulassen können, dass sie wegen mir nicht auf die Stanford ging, aber sie gehen zu lassen hatte auch mein verficktes Herz gebrochen.

Der Laden war riesig. Drei Etagen. Er war voller Fans, die ein Buch von Crystal signiert haben wollten. Wie sie über ihre Charaktere sprach, wie ihr die Geschichten einfielen. Diese Menschen hatte vielleicht ihre Bücher gelesen und liebten diese, aber ich war ihr größter Fan. Ihrer. Nicht von ihren Büchern. Nein, die hatten sie nicht verlassen, um sie zu retten.

Das Erdgeschoss war zu voll, um in ihre Nähe zu gelangen. Verdammt, ich hatte es kaum durch die Drehtür geschafft. Die Schlange war lang und führte durch den ganzen Laden. Ich sah die Treppe in den zweiten Stock und machte mich auf in Richtung Balustrade, um einen Blick auf sie werfen zu können. Ich wusste von den Pressefotos, dass sie noch immer ihre Brille trug. Ihre Haare waren noch blond und dazu die wunderschönen blauen Augen. Sie war älter geworden, vom Mädchen zu einer Frau. Sie trug Make-up, Highheels, modische Kleidung. Keine Schuluniform, kein Cherry-Lipgloss.

Ich lehnte mich an das Geländer und sah hinab. Da war sie. Fuck, mein Herz setzte kurz aus. Das erste Mal in zehn Jahren. Diese Bilder taten ihr Unrecht. Sie zeigten nur eine selbstbewusste Frau, die Bücher schrieb, aber nicht ihre Ausstrahlung. Die introvertierte Frau, die lächelte, weil sie musste. Die ruhige Person, die lieber einen Film sah, als von hunderten durchgedrehten Fans umringt zu werden.

Ich sah die Anspannung in ihren Schultern, auch als sie lächelte, sich mit den Fans unterhielt und immer wieder Autogramme gab. Das glatte Haar, das hübsche blaue Kleid, die Highheels. Es wirkte so kühl. Gott, ich wollte sie ausziehen und die echte Crystal finden. Sie wiederfinden und wieder zu der meinen machen.

Und als sie sich zu der Frau hinter sich umdrehte, die mit ihrem lebendigen roten Haar und dem kessen Kleid hinter ihr stand, sah sie auch nach oben. Sah mich. *Als wenn sie gewusst hatte, dass ich hier war.*

Ihre Augen wurden groß. Sie hörte auf zu Lächeln. Sie ließ den Stift fallen. Ihre verfickten blauen Augen blickten in meine und ich wusste es. Es war ein Faustschlag, sie würde wieder mir gehören. Ich war einmal gegangen. Vor zehn Jahren konnte ich ihr nichts bieten. Ich hatte sie gehen lassen.

Noch einmal konnte ich es nicht.

 *rystal*

ICH HÄTTE NICHT GEDACHT, dass so viele Leute kommen würden. Vi hatte zwar gesagt, dass es voll wird, aber so voll? Das war schon fast ein Mob. Und alle wollten mich sehen. Gott, ich war nicht sicher, ob ich noch lächeln konnte. Nur weil ich erfolgreich war, würde ich nicht überheblich werden. Mein Buch hatte sich besser verkauft, als ich mir je erträumt hätte. Ich hatte nicht damit gerechnet, dass ich eine Agentin bräuchte, eine Agentin, die mein Buch einem New Yorker Verlag verkauft hatte. Verdammt, eine Agentin, die die Filmrechte an einen der Topproduzenten in Hollywood verkauft hat. Ich hatte nie damit gerechnet, in einer Latenight-Show neben einem der heißesten Schauspieler auf der ganzen Welt zu sitzen. Der Film sollte ein Blockbuster werden. Die weibliche Hauptrolle übernahm eine Oscar-Preisträgerin, die so schön war, dass es nicht mehr normal war. Mein Buch!

Ja, ich wollte Schriftstellerin sein, aber das hier? Das war nur noch verrückt. Ich wollte nur noch zurück in mein Hotelzimmer, duschen, meine Yogahose und ein T-Shirt anziehen und mich mit einem guten Buch und einem Glas Wein entspannen. Kein Lärm. Kein Lächeln. Verdammt, kein Kontakt mit niemanden. Ich brauchte etwas Ruhe. Die Energie der Menschenmenge war unglaublich. Die ganze Aufmerksamkeit schlug mir regelrecht auf den Magen. Das hatte sich nie geändert. Ja, ich habe mich daran gewöhnt mit der Aufmerksamkeit umzugehen, aber das bedeutete nur, dass ich anschließend ein Schaumbad und eine Flasche Wein brauchte, um mich wieder zu beruhigen.

Alles, was ich während dieser dreimonatigen Presse-Tour machen konnte, war lächeln und Autogramme geben. Smalltalk treiben. Für Selfies lächeln. Umarmen. Berühren. Hände schütteln. Meine Publizistin, Vivian, hatte alles organisiert. Gott sei Dank. Ich würde ihren Job nicht wollen, aber sie liebte es, sich um jede Kleinigkeit zu kümmern. Um mich. Sich, sie wurde dafür bezahlt, aber sie war auch meine Freundin. Außen in diesem Moment, als sie ein weiteres Buch zum Signieren reichte.

„Fast fertig", flüsterte sie. Ich wollte gerade nicken und mich der nächsten Person zuwenden, als ich ihn sah.

Ihn.

Heilige Scheiße. Kit Buchanan

Ich könnte schwören, dass mir mein Herz aus der Brust sprang. Es sah mich an. Nein, er starrte so intensiv, dass ich es bis in meine Mitte spüren konnte. Kit war hier...wegen mir. Er stand nicht an, er sah nur zu.

Dann nickte er leicht. Mehr nicht. Sein dunkles Haar war ihm in die Stirn gefallen. Es war länger als damals in der Highschool, aber ich hatte ihn seitdem oft auf unzähligen Covern von irgendwelchen Magazinen gesehen. Während ich mit meinem Buch erfolgreich war, war Kits Traum von einer Rockstar-Karriere war geworden. Aus den Zeitschriften wusste ich, dass er und seine Bandkollegen sich den Arsch aufgerissen hatte und über Jahre immer nur kleine Auftritte gehabt hatten. Dann hatten sie einen Song geschrieben, *Angel*, der Song, der ihnen einen Plattenvertrag bei einem Majorlabel einbrachte. Sie unterschrieben und schafften den Durchbruch. Platinalben, Awards und Konzerte auf der ganzen Welt.

Frauen. Frauen in jeder Stadt, jeden Abend eine andere Frau in seinen Armen. Wilde Partys, ficken. Artikel über Artikel schrieben dies über den berühmten Kit Buchanan. Ich hatte jedes Wort gelesen, verschlungen, ja sogar mit Google nach

Meldungen gesucht, wie ein Junkie. Ich war eine Masochistin. Jedes Bild hatte weh getan. Jedes Lächeln, jeder Groupie an seinem Arm. Er war mit Models, Broadway-Stars, Designern und anderen Musikerinnen in Verbindung gebracht worden. Jede einzelne von ihnen sah ihn an, wie ich es einst getan hatte. Er war ein Gott, ein verdammter Sexgott. Und jetzt, als der berühmte Leadsänger von Nightbird, hatte er es unter die Top 50 der schönsten Menschen der Welt geschafft.

Das war albern. Es gab keinen Mann auf der Welt der sexyer war als Kit.

Es sollte mir egal sein. Er hatte mir mein Herz gebrochen. Gott, er hatte im Sommer nach unserem Abschluss was mit Lindsey Mack angefangen und seitdem nicht mehr mit dem Ficken aufgehört. Nein, er hatte mit mir angefangen und mich dann für größere Titten, kürzere Röcke und weniger Moral fallengelassen. Während er in den zehn Jahren, seit unserer letzten Begegnung hunderte Frauen gehabt haben musste, konnte ich meine sexuellen Erfahrungen an einer Hand abzählen, ohne alle Finger dabei zu verwenden.

Kein Mann konnte je mit Kit mithalten. Gott, wir waren beim erstem Mal unerfahrene Teenager, die auf dem Rücksitz von seinem Truck rumgefummelt haben. Es hat wehgetan wie Sau, aber er hat es wieder gut gemacht, war geduldig und sanft gewesen, obwohl ich wusste, dass er eigentlich nur ficken wollte. Danach haben wir es wie die Karnickel getrieben, immer darauf achtend, dass ich zuerst kam. Er wusste, was mich kommen ließ. Es war heiß, aber es war etwas Besonderes. Er gab mir das Gefühl hübsch zu sein. Gewollt. Beschützt. Beliebt.

Lügen. Lügen. Lügen.

Alles um mich herum war zusammengestürzt. Ich war nicht genug gewesen. Er hatte mir mein Herz so rücksichtslos gebrochen, wie ich es eigentlich nur von meinen grausamen Mitschülerinnen erwartet hätte. Niemand konnte so grausam sein, wie die reichen Schlampen auf unserer Schule. Ich hatte mich in ihn verliebt, weil er anders war, aber nein. Am Ende war er wie alle anderen. Fickte alle für Geld, Ruhm und Erfolg.

Ich war nach Stanford gegangen, mit gebrochenem Herzen und allein. Ich habe gelernt, nur um den Schmerz nach seiner Zurückweisung, seiner Affäre zu betäuben. Aber er hat mich gequält, indem er berühmt geworden ist. Sein Gesicht war überall. Die Lieder, die er mir früher in seinem Truck vorgesungen hatte, liefen nun im Radio. Ich konnte ihm nicht vermeiden, egal wo ich auch hinging. Zu diesem Zeitpunkt hatte ich eine Mauer um mein Herz gebaut, durch die nichts durchkam. Niemand mit Penis durfte in mein Herz. Ich wurde zu einer kalten, gnadenlosen Hexe. Verdammt, ich wurde eine von den Hexen, die ich in der Highschool so gehasst hatte. Ich hatte seit dem keinen Mann mehr geliebt, nicht einmal meinen Ehemann. Deshalb war Robert jetzt mein *Ex*mann.

Ich hatte Kits Karriere als Freund verfolgt. Egal, wie sehr er mich verletzt hatte, ich freute mich trotzdem über seinen Erfolg. Er hatte genau das gemacht, was er gewollt hatte. Er kontrolliert die Welt mit seiner Gitarre und ich hatte immer gewusst, dass er es machen würde.

Als er mich ansah, gab es keine Gitarre. Es gab nur das typische schwarze T-Shirt und eine alte Jeans. Das Haar zerzaust, ein Bartschatten. Er war der Junge an den ich mich erinnerte. Jetzt aber erwachsen. Er war jetzt ein *richtiger* Mann und mein Körper reagierte wie die Saite einer Gitarre, erwachte zum Leben, wie ich es seit Jahren nicht erlebt hatte.

Verdammt soll er sein. Ich konnte nicht aufhören hinzusehen. Aufhören zu fühlen...

„Crystal", murmelte Vi. „Was siehst du?"

Als ich mich nicht umdrehte, sah sie auch nach oben. Sie krallte sich an meinen Arm. „Heilige Scheiße, ist das—?"

Ich nickte.

„Er ist ein verdammter Rockstar. Gott, ich habe alle Alben von Nightbird. Jeder einzelne der Jungs ist so verdammt heiß. Und er starrt dich an." Sie sah mich an. „Crystal, *kennst* du ihn?"

Kannte ich Kit Buchanan? Ich nickte. Jeden Zentimeter seiner Haut. Den Geschmack seiner Küsse, seinen dicken, langen...

Sie kreischte leise und schlug sich die Hand vor den Mund.

„Mädel, ich will die Details."

Ich starrte ihn noch eine Sekunde an und drehte mich dann weg. Ich blinzelte Vi an und versuchte die Unruhe abzuschütteln. Sie sah mich so neugierig an, wie ich es noch nie an ihr gesehen hatte. „Du steht wirklich so auf Nightbird? Ich hätte dir eine Tyler Swift-Sammlung zugetraut."

„Ach komm! Er ist heiß. Das dunkle Haar. Und so wie er Gitarre spielt, frage ich mich, was er noch alles mit seinen Händen anstellen kann. Kannst du dir vorstellen, wie geschickt diese Finger sind?"

Ja, dass konnte ich mir vorstellen. Ich konnte *mehr*, als es mir nur vorzustellen.

Ich gab einen unbestimmten Laut von mir und sie quiekte auf.

„Nicht hier. Nicht jetzt", flüsterte ich. Ich sah ein letztes Mal in seine Richtung und traf seinen heißen, dunklen Blick. „Niemals."

Ich war fertig. Kit Buchanan hatte mich einmal fertig gemacht. Ich würde es nicht noch einmal zulassen. Ich setzte wieder ein Lächeln auf und machte mit meinem Leben weiter, wand mich der nächsten Person zu, die Geduldig in der Schlange gewartet hatte. Ich hatte ihn gesehen. Ich hatte überlebt.

Ich hob meinen Stift vom Fußboden auf und wand mich wieder meinem Leben zu, einem Leben *ohne* ihn.

* * *

Crystal

„Crystal."

Ich kannte die Stimme. Hatte sie in meinen Träumen gehört. Erinnerte mich daran. Erinnerte mich daran, wie er meinen Namen spielerisch gesagt hat, ehe er mich küsste. Erinnerte mich den rauen und tiefen Klang, wenn er, tief in mir, kam.

Ich schloss meine Augen, holte tief Luft und drehte mich um.

Ich war gut darin geworden, ein falsches Lächeln zu zeigen.

„Kit."

„Heilige Scheiße, Kit Buchanan", Vi sagte seinen Namen, als sie sich so neben mich stellte, dass er zwischen Tisch und Wand eingekeilt war. Er hätte sie einfach an die Seite heben können - er war über einen Kopf größer als die zierliche Vi - aber er verzog nur seine Lippen zu einem charmanten Lächeln.

„Und du bist?", fragte er.

„Vivian Lonsdale. Meine Freunde nennen mich Vi und du gehörst *definitiv* zu meinen Freunden."

Gott, sie flirtete mit jedem. Sie war eine der Frauen, die er mit hinter die Bühne nehmen würde und ficken. Ich bin mir sicher, Vi würde sofort ja sagen, wenn er es anbieten würden. Es würde ihr nichts ausmachen nur eine weitere Kerbe in seinem Bettpfosten zu sein.

„Was machst du hier?", fragte ich.

Er sah mich an...und zwar nicht so wie Vi. Dieser dunkle Blick war durchdringend, ganz so als würde er hinter der glänzenden PR-Fassade noch das Mädchen sehen, dass er geliebt und verloren hatte. Nein, nicht verloren, in die verdammte Gosse geworfen hatte.

„Ich habe dein Bild auf einer Anzeigentafel hier um die Ecke gesehen."

Gott, ich hatte es auch gesehen. Ich hatte keine Ahnung, dass meine Nase so groß war, bis sie 15 Meter lang war.

„Ich bin viel in der Presse. Du musstest nicht vorbeikommen, um mich zu sehen", antwortete ich.

„Crystal!" schimpfte Vi. „Sie ist nur müde. Du musst ihr Verhalten entschuldigen."

Er schüttelte den Kopf und seine dunklen Haare fielen ihm wieder in die Stirn. Es juckte mich in den Fingern, ihm die Haare aus dem Gesicht zu streichen, nur um diese seidigen Strähnen wieder zu fühlen.

„Nein, Crystal hat Recht. Ich hätte nicht kommen müssen. Ich wollte." Er sah mich an, während er mit Vi sprach. „Ich habe sie schon seit einer Weile online gestalkt."

Mein Herz klopfte heftig, während ich vor meinem inneren Auge tausende Bilder sah. Kit, in den letzten zehn Jahren, mit hunderten wunderschönen Frauen im Arm. Und keine davon war ich.

„Kennt ihr zwei euch oder so etwas?", fragte sie. Gott, sie machte nur Probleme.

„Oder so etwas", murmelte er.

Seine Augen wurden noch dunkler und er rieb mit sich mit dem Daumen über sein Kinn, ich konnte das Reiben seiner Bartstoppeln nicht überhören. Vor zehn Jahren hatte er kaum einen Flaum und heute...heute war er einfach nur heiß.

„Ich liebe deine Musik", sagte Vi und versuchte die Stille zu füllen.

„Wir spielen heute Abend." Er sah zu Vi. „Ihr solltet kommen. Es beginnt um sieben. Ich lege euch zwei VIP-Pässe an die Vorverkaufskasse. Sie lassen euch um sechs Backstage und ihr könnt die Band treffen. Euch umsehen. Ich zeig euch alles."

Vi musste fasst kreischen. Die Leute drehten sich um, als sie vor Freude anfing rumzuhüpfen.

„Ja, Gott ja. Wir kommen oder, Crystal?"

 *rystal*

ICH SAH MEINE FREUNDIN AN, die mich mit bloßen Händen umbringen würde, wenn ich jetzt nein sagte. Backstagepässe und eine Führung mit dem Leadsänger von Nightbird ablehnen? Ja, das wäre mein Todesurteil. Ich wusste, sie war ein großer Fan. Ich war auch einer, aber nur, weil ich dem Leadsänger vor zehn Jahren mein Herz geschenkt und es nie zurückbekommen hatte.

"Ich weiß nicht, Kit." Sein Name kam ganz automatisch über meine Lippen, während ich weiter versuchte zu verstehen. Warum war er hier? Und warum lauschte ich jedem Wort, das er sagte? Er hat mir das Herz gebrochen und ist darauf herumgetrampelt, als ich achtzehn war. Würde ich mich wirklich dieser Tortur aussetzen?

"Komm." Gott, dieses eine Wort von seinen Lippen ließ mich erschauern. Ich hatte es schon vorher von ihm gehört, aber damals hatte er nicht von einem Konzert gesprochen. Damals hatte ich unter ihm gelegen und sein Schwanz war tief in mir. Oder sein Kopf war zwischen meinen Beinen und sein Mund direkt über meiner Klit.

Ich wurde unruhig und versuchte den Schmerz zwischen meinen Schenkeln zu verdrängen. Gott, mit nur einem Wort konnte er mich heiß machen. Also, ja. Ich würde heute Abend die Sau rauslassen. Wenn schon sonst nichts lief, konnte ich immerhin einmal sehen, wie er sich gemacht hatte. Die Mitglieder seiner Band treffen. Ich konnte nicht aufhören, mir Fragen über sein Leben zu stellen. Vielleicht würde es dann ja aufhören.

"Wir kommen. Auf jeden Fall." Das Versprechen von Vi hing zwischen uns,

schwer von zehn Jahren Bedauern und Sehnsucht und Vermissen.

"Gut, ich muss um vier dort sein, aber ich sehe euch heute Abend." Er sah mich eine Sekunde länger an. "Es tut gut dich zu sehen, Crys."

Und dann war er weg, direkt durch die Menschenmenge. Es sah so aus, als wenn er immer noch zu meinem Leben gehörte.

* * *

Kit

ICH WAR seit Jahren vor einer Show nicht mehr so nervös gewesen. Der Knoten in meinen Eingeweiden hatte nichts mit den Tausenden Fans zu tun, die die Halle stürmten. Ich hatte nichts mehr essen könne, seit ich sie gesehen hatte, seit sie mich mit ihrer verdammt sexy Stimme 'Kit' genannt hatte, seit sie auf ihrer Lippe herumgeknabbert hatte und mich mit diesen verdammten babyblauen Augen angesehen hatte, die mich durchdrangen wie Krallen Papier.

Mein Mädchen war erwachsen. Und auch wenn sie fauchte und mich anknurren, aber ich hatte gesehen, wie sich ihre Augen verdunkelt hatten, als sie mich ansah. Sie war noch immer da. *Sie.* Diese absolut unerklärbare und doch perfekte Verbindung zwischen uns. Liebe auf dem ersten Blick, das ungebrochene Verlangen nach ihr. Als ich vor ihr stand hatte es sich nicht wie zehn Jahre angefühlt, seit ich sie unter mir gehabt hatte, ihre Finger in meinen Rücken gekrallt und meinen Namen seufzend. Zehn Minuten. Zehn Sekunden. Verdammt.

Ich konnte immer noch den Geruch ihrer Haut riechen und den Geschmack ihrer süßen Pussy auf meiner Zunge schmecken. Ich konnte schwören, dass ich fühlen konnte, wie sie mir in den Haaren zog und mich anbettelte sie alles, außer uns beider vergessen zu lassen, wenn ich nur die Augen schloss.

„Yo, Kit. Alter, die Pizza wird kalt."

„Danke, Mann." Ich nickte Cole zu, der nur den Kopf schüttelte und wieder in der Garderobe verschwand, um sich auszuruhen, Pizza zu essen und etwas fernzusehen. Unsere Managerin Tia hatte meine Lieblingspizza und genug Essen für eine kleine Armee hinter der Bühne aufkarren lassen. Eine Flasche Whisky stand neben der Pizza. Ungeöffnet. Das war merkwürdig.

Normalerweise öffnete Reese Keeland, unser Drummer, die Flaschen und wir alle nahmen einen Schluck, um unsere Nerven zu beruhigen. Heute lag er auf dem Fußboden, die Füße auf dem Sofa und schlief. Der Rest der Band saß verteilt im Raum und war am Essen. Sebastian hatte seine große Liebe - eine sechssaitige Pearl Black E-Gitarre - auf seinem Schoß, ganz so als wolle er sie lieben.

Ich war nicht in der Stimmung für Whisky oder etwas anderes. Es war halb sieben und sie war nicht hier.

„Willst du etwas essen, oder nicht?" Tia trat zu mir und ich bemerkte, dass ich wie ein Tiger im Käfig durch den Raum ging. Ich freute mich nicht einmal auf die Show. Der übliche Adrenalinschub war heute nicht da. Anstatt voller Energie zu sein, fühlte ich mich leer. Innerlich tot. Wie eine verlassene Gasse in einem wirklich dunklem Teil der Stadt.

„Nicht hungrig."

Sebastian schlug ein paar Akkorde an und schüttelte den Kopf. „Was ist los mit dir, Alter. Du verhältst dich schon seit gestern Abend so komisch."

Gestern Abend. Als ich auf der Fahrt zum Hotel die verdammte Anzeigentafel mit Crystals Gesicht gesehen hatte. Ich hatte dem Fahrer gesagt, er sollte anhalten, während ich das wunderschöne Gesicht betrachtet, dass ich in meinen Träumen sah. *Angel.* In dem Moment war mir bewusst geworden, was für einen verfickten Riesenfehler ich vor zehn Jahren gemacht hatte. „Nichts. Es geht mir gut."

Tia hob eine dünne, dunkle Augenbraue. Sie war ca 1,60 groß und hatte eine Wirbelsäule aus Stahl. Niemand kam uns dumm, weil niemand ihr dumm kommen wollte. Sie konnte fluchen, wie ein Kesselflicker. Ich hatte erlebt, wie sie Clubbesitzer, Türsteher in den schäbigsten Bars im Land und Vertragsanwälte in die Knie gezwungen hatte. Sie war reines Feuer, versteckt hinter ihrem langen, schwarzen, seidigen Haar und ihrem Auftreten. „Gut. Ich sage jetzt vorne Bescheid, dass sie deine Gäste reinlassen können."

„Was?" Reese öffnete seine Augen und sah mich vom Fußboden aus an. „Alter, was zum Scheiß. Kein Besuch Backstage, nicht jetzt. Wir sind alle müde, Alter. Wer ist es?"

„Ich mach jetzt aber nicht auf Sunnyboy. Wer immer es ist soll sich ein Stück Pizza nehmen und chillen." Sebastian wand sich wieder seiner Gitarre zu und dem Lied, an dem er gerade in seinem Kopf arbeitete.

„Egal. Ich bewege mich nicht." Reese schloss wieder die Augen und blieb in seiner Zen-Meditationpose. Es war mir egal. Nichts, von dem was sie sagten, war wichtig.

„Wann sind sie angekommen?"

Tia sah auf ihr Handy. „Vor ungefähr zehn Minuten."

Zehn Minuten? Sie war schon so lange hier und ich hatte es nicht gewusst?

„Ich habe sie im Büro vom Clubbesitzer geparkt. Ich wusste nicht, was ich mit ihnen tun sollte, weil *jemand* vergessen hatte, mir Bescheid zu geben."

„Sorry." Okay, ja, der jemand war ich gewesen, aber das war mir egal. Sie war hier. Ich sah auf Tia hinab. „Ich brauche einen Gefallen. Einen Riesengefallen, für den ich dir bis ans Lebensende etwas schuldig bin."

Sie rollte ihre dunklen Augen, aber grinst schon. Wenn es etwas gab, dass Tia liebte, dann gebraucht zu werden. „Was?"

Ich nahm sie am Arm und zog sie mit in den Gang und weg von der Band mit ihren neugierigen Blicken. Sie waren die schlimmsten Lästerschwestern, wenn sie wollten. „Zwei Frauen, oder?"

„Ja."

„Eine große, gutaussehende Blondine und eine rothaarige, die nicht viel größer ist als du?"

Tia nickte. „Ja." Ich hastete Richtung Büro, wo sie Crystal untergebracht hatte, aber Tia hielt mich auf. „Kit, was zur Hölle geht hier vor? Wer sind sie? Und warum sind sie hier hinten?"

„Die rothaarige heißt Vi. Sie ist Publizistin bei einem großen New Yorker Verlag. Die Blondine bei ihr ist Crystal Kerry."

Tias Augen wurden groß und ich wusste, ich hatte sie am Haken. „Die Autorin?"

„Ja." Ich ging wieder, weil ich endlich Crystal sehen wollte. „Du musst Vi mitnehmen, sie rumführen und sie der Band vorstellen."

Ihr Grinsen war mehr als nur ein wenig verdächtig. „Und was wirst du unternehmen?"

„Die einzige Frau, die ich je geliebt habe, um Vergebung bitte."

Tia blieb wieder stehen. „Crystal? Deine Crystal? Aus der Highschool?"

Verdammt noch mal. Gab es hier *gar keine* Geheimnisse? „Woher weißt du von Crystal?"

Tia lachte. „Du hast mal viel getrunken, Kit. Und wenn du getrunken hast, hast du stundenlang über sie gesprochen. Stundenlang."

Scheiße. „Jetzt sei ruhig. Gib mir einfach Rückendeckung, ok?"

Tia zuckte mit den Schultern. „Sicher. Aber du schuldest mir einen Gefallen."

Wir öffneten die Tür und da war sie. Vis Anwesenheit wirkte wie ein Schutzschild. Das Büro war wie unsere Garderobe. Ein altes Sofa, ein paar Stühle, ein Schminktisch mit Spiegel und runde Glühbirnen drumherum.

Tia ging vor und übernahm wie ein erfahrener General das Kommando und hatte die überglückliche Vi schneller aus dem Raum geführt, als Crystal überhaupt blinzeln, geschweige denn protestieren konnte, weil sie uns alleingelassen hatten.

„Crys."

Scheiße, sie sah gut aus. In der engen Jeans waren ihre Beine unendlich. Ihre Hüfte war etwas breiter geworden, eine Erinnerung daran, dass ich ein Mädchen verletzt hatte und jetzt eine Frau vor mir stand. Sie trug ein hellrosa Top, weich und locker, mit Cutouts an den Schultern. Verführerisch, aber nicht zu sexy. Aber sie hätte auch einen Kartoffelsack tragen können und ich hätte sie heiß gefunden. Kleider machten nichts. Ich wusste, wie es darunter aussah.

„Kit." Die Tür fiel hinter mir in Schloss, aber ich drehte mich nicht um. Ich würde Tia später dafür danke.

Ich trat zwei Schritte näher und dankte meinen Glückssternen, dass Crystal nicht auswich. Aber das war auch nicht ihre Art. Sie ist nie ausgewichen.

„Was machst du? Was mache ich hier?" Das letzte wurde von einem versteckten Lachen begleitet. Wenigstens schrie sie nicht oder beschimpfte mich wie damals. Ich hatte es damals verdient. Das und viel mehr.

Ich schloss die Lücke zwischen uns und legte meine Hand an ihre Wange. „Reparieren, was ich kaputt gemacht habe."

„Da kann man nichts reparieren."

Ich fuhr mit meinem Daumen über ihre Unterlippe und atmete sie ein, Lavendel und Cherry-Lipgloss. Fuck. Sie benutze ihn immer noch. Der süße Geruch füllte meinen Kopf und ich wusste genau, wie ihre Lippen schmecken würden, wie weich sie waren. Wie heiß dieser unschuldig aussehende Mund war, wenn mein Schwanz darin steckte. Sie schloss ihre Augen und ich wusste, ich hatte sie, zumindest für den Moment.

Sie zog mich an wie ein Magnet und ich senkte meinen Kopf, bis sich unsere Lippen zart und vorsichtig berührten. Ich wollte sie nicht vertreiben. Ich wollte nicht, dass sie weglief. Ich brauchte sie.

Mein. Mein. Mein. Sie war mein, seit ich sechzehn war. Ich umarmte sie und zog sie eng an mich, jede Spur Zurückhaltung vergessen. Wie konnte ich mich zurückhalten, wenn die perfekteste Frau vor mir stand? Keine hielt dem Vergleich stand. Nie. Ihr sanftes Stöhnen ging mir durch und durch und mein Schwanz war sofort hart. Ich kannte dieses Geräusch. Gott, ich hatte dieses Geräusch vermisst.

KAPITEL 4

 it

Sie legte ihre Arme um meine Taille, während ich mich in ihrem Geschmack verlor, ihre weiche, nasse Zunge in meinem Mund. Ich fickte sie mit meinem Mund, erforschte, ertastete sie, stieß vor, wie ich es mit meinem Schwanz machen wollte. Ihre Arme verhinderten, dass ich mehr von ihrem Körper berühren konnte, aber ich streichelte ihren Rücken und erforschte ihre Hüfte. Packte ihren Arsch.

Ihr Arsch war der Hammer. Groß und rund und weich, perfekt für...alle möglichen Dinge.

Ich ging vorwärts, bis ihr Rücken die Wand berührte und sie löste ihre Lippen von meinen, um Luft zu holen. Gut, ich ließ sie durchatmen, aber ich konnte nicht aufhören. Jetzt, da ich sie endlich wieder in meinen Armen hielt, hungerte mein ganzes Sein nach ihr. Mein Schwanz presste sich an sie und das konnte ihr nicht entgehen.

Ich knabberte an ihrem Ohrläppchen und als sie ihren Kopf zur Seite drehte, saugte und leckte ich an ihrem Hals. Sie hob ihre Arme und griff mir in die Haare, wie sie es früher immer getan hatte. „Kit."

Atemlos. Heiß. Sie hatte meinen Namen gesagt, aber es war keine Frage gewesen, eher ein *Ich-habe-dich-vermisst*-Seufzer.

Mit ihren Händen an meinem Kopf, hatte ich freie Bahn. Ich fuhr mit der einen Hand in ihre Hose und umfasste ihren nackten Arsch—fuck, sie trug einen String—und mit der anderen glitt ich unter ihr Shirt, umfasste ihre Brust, knetete und spielte mit ihrem Nippel, wie sie es mochte. Ihr Kopf fiel zurück und schlug gegen die Wand, während sie ihren Rücken durchdrückte und sich an mich presste.

„Kit. Was machen wir hier?" Sie erschauderte, als ich an ihrem Schlüsselbein knabberte und mit der Hand in ihren BH glitt. Sie war so verdammt weich, überall. Viel besser als in meiner Erinnerung.

Ich konnte ihr nicht antworten, nicht jetzt. Wenn ich ihr die Wahrheit sagte, sagte, was ich wollte, würde sie mir sagen, dass ich mich ficken soll.

Ich wollte sie. Ich wollte ein Zuhause und drei oder vier Babys mit blauen Augen und ein paar haarige, nervende Katzen, die auf ihrem Schoß sitzen und mich anfauchen, wenn ich sie wegschicke. Die letzten Jahre auf Tour waren hart und einsam. Als ich sie verlassen hatte, hatte ich nichts. Meine Eltern hatten mich, wie angekündigt, enterbt und ich war nach New York gegangen, hatte die Jungs gefunden und die Band gegründet. Ich habe mich zwei Jahre lang von Whisky und Erdnussbutter ernährt und war häufiger besoffen als nüchtern gewesen.

Der Buchanan-Clan war riesig. Ich hatte unzählige Tanten, Onkel, Cousins und Cousinen, die sich prima verstanden und Thanksgiving in der Familie feierten. Ich hatte die Arschkarte. Ja, ich kannte meine Cousins, hauptsächlich Jungs, wir unternahmen manchmal etwas gemeinsam, aber wir standen uns nicht nahe. Wenn ich in ihrer Heimatstadt ein Konzert gab, reservierte ich ihnen Freikarten. Wie für Natalie und Ben, die wie unser Cousin Jack in Seattle wohnten. Aber meine Familie, egal wie nah wir uns standen oder auch nicht, konnte nicht mit dem Schmerz mithalten, den ich wegen ihr verspürte. Egal ob Alkohol, Drogen oder Frauen, nichts konnte den Schmerz mindern. Ich habe ihn über Jahre betäubt, aber er war immer ein Teil von mir. Bis in diesem Moment.

Ich küsste sie weiter, damit sie mit ihrem Mund keine weiteren Fragen stellen konnte. Der vertraute Geschmack nach Cherry-Lipgloss machte mich wahnsinnig und ich erkannte, dass es kein zurück gab. Nicht dieses Mal.

Nach unserem ersten Hit, als ich endlich genug Geld hatte, um ihr mehr zu bieten als eine WG mit noch drei Arschlöchern und einem Lebens im Van, bin ich nach Kalifornien geflogen. Ich hatte gedacht, dass ich vielleicht etwas falsch gemacht hatte. Wenn sie erst einmal Stanford abgeschlossen hatte, würde sie einfach wieder Teil meines Lebens werden, ohne ihres zu verlieren.

Und dann hatte ich sie mit diesem verfickten Surferboy und dem verfickt großen Diamantring an ihrem verfickten Finger gesehen. Sechs Wochen später hatte sie das Arschloch geheiratet und das war's. Seitdem ging bei mir nichts mehr. Verloren, wie ein Schiff ohne Ruder oder Segel. Ich habe Songs geschrieben, viele Songs und habe versucht meine Gedanken an Crystal mit unzählige Frauen zu ersetzen. Wir haben auf der ganzen Welt gespielt. Ich brauchte das Geld meiner Familie nicht mehr, vor allem nicht Dank meines Cousins Carter und dessem Gespür für Investitionen.

Mein Vater hatte letztendlich nachgegeben und erlaubte mir einen Besuch, nachdem ich doch kein Totalversager war. Meine Brüder hatte mir in all den Jahren immer mal wieder Geld zugesteckt, wenn ich pleite war, damit ich nicht auf der Straße landete. Gott sei Dank, sind sie trotz Eliteunis keine Arschlöcher geworden. Ich hatte wieder meine Familie, aber ich fühlte mich immer noch leer.

Crystal war die ganze Zeit in meinem Kopf. Und vor einem Jahr habe ich damit aufgehört. Kein

Alkohol, keine Drogen, keine Frauen. Ich habe gearbeitet, gegessen, geschlafen. Die ganze Band hat sich im letzten Jahr verändert. Es war so, als wenn wir einen Punkt erreicht hatten und mit einem Mal erwachsen geworden waren.

Als ich Crystal bei dem TV-Interview gesehen habe, hat es irgendwo in mir Klick gemacht. Und als ich gesehen habe, dass sie den 3-Karat-Diamanten nicht mehr am Finger hatte, wurde es zu einer Obsession. Ich musste herausfinden, was aus ihr geworden war. Ich musste sie wiedersehen. Mit ihr sprechen, sie berühren.

Sie zurück in mein Leben, meine Arme, mein Bett bekommen.

Steinhart vor Erregung drückte ich ihren Hintern, hob sie hoch und presste sie so heftig an die Wand, dass die gerahmten Fotos anfingen zu wackeln. Ihr sanftes Stöhnen machte mich wahnsinnig und ich platzierte mich so, dass mein harter Schwanz an ihrer Mitte lag und ich rieb mich an ihr, während ich sie weiter küsste.

Nichts in den letzten zehn Jahren hatte sich so gut angefühlt.

Bang! Bang! Bang!

Crystal rang nach Luft und sah über meine Schulter zur Tür. Reese Stimme war ganz klar zu hören. „Alter! Beeil dich! Was machst du da drinnen? Wichsen? Wir stehen in fünf Minuten auf der Bühne! Mach schon!"

Bang! Bang!

Bei den letzten beiden Schlägen von Reese' Faust gegen die Tür löste sich Crstal aus meinen Armen und ich wusste, der Moment war vorbei. Ich war ein Feigling. Ein verfickter Feigling. Ich konnte es nicht tun, ich konnte nicht in diese ausdrucksvollen blauen Augen sehen und Hass oder Bedauern oder Schmerz sehen.

Ich schloss die Augen, legte meine Stirn an ihre und legte beide Hände an ihre Hüfte. „Ich muss gehen."

„Ich weiß."

„Lauf nicht weg, Kätzchen. Versprich es mir." Ich küsste sie noch wieder, einmal, schnell und fest. „Bleib. Ich muss mit dir reden."

„Das hier nennst du also reden?" Ich lauschte dem Klang ihrer Stimme und genoss den Moment, sie in meinen Armen, ihre Beine um meine Taille und ihr Geschmack auf meinen Lippen. Aber ich kannte diese Frau besser als alle anderen. Sie war zu clever, als dass es gut für sie wäre. Ich hatte es geschafft, dass sie für ein paar Minuten nicht nachgedacht hatte. So wie ihr Körper wieder runtergekommen war, wäre es wieder wie vorher.

Sie würde mich hassen.

„Wir werden reden und dann mehr hiervon machen. Warte auf mich."

Ich konnte nicht stehenbleiben und hören, wie sie nein sagte. Verdammt, ich war auf dem Weg zur Bühne und sollte vor achttausend Menschen spielen.

Egal. Ich wusste, sie könnte nach dem Konzert weg sein.

„Warte auf mich."

* * *

Crystal

NACHDEM KIT VERSCHWUNDEN WAR, hatte ich fünf Minuten, um mich wieder zu sammeln. Gerade genug Zeit, um zu Atem zu kommen, meinen BH geradezurücken, mein Lipgloss aufzufrischen und meine Haare so zu ordnen, dass ich nicht mehr fast-gefickt aussah.

Gott, Kit hat mich an der Wand hochgeschoben und geküsst. Nein, er hatte mich fast-gefickt. Wenn sein Bandkollege nicht an die Tür getrommelt hätte, hätte mich Kit garantiert gevögelt. Und ich hätte ihn gelassen. Diese Chemie zwischen uns war schon vor zehn Jahren etwas Besonderes gewesen und sie war noch immer da.

In seiner Uniform, tiefhängende Jeans, enges T-Shirt, dunkle Stiefel war er ein Traum. Ein Traum von einem Rockstar. Aber das war, was alle in ihm sehen sollten. Ich sah den Blick in seinen dunklen Augen, diese Intensität, dieses Bedürfnis. Seine raue Stimme, als er mich Kätzchen genannt hatte. Er wollte nicht irgendeine Frau, er wollte mich.

Ich hatte meine Beine um seine Taille wie ein

Affe auf einem Baum. Was war verdammt noch mal mit mir los? Er hatte mich einmal betrogen. Er würde mich wieder betrügen. Kit Buchanan war ein Spieler. Der König der Spieler. Verdammt, er hatte sich die Spielregeln ausgedacht. Ich war nur eine unter vielen. Die unschuldige Streberin aus der Highschool, die zehn Jahre später immer noch nicht nein sagte. Ich hätte gehen sollen. Zurück ins Hotel und mit einem Glas Wein den Frieden wieder finden, den ich hatte, ehe Kit wieder aufgetaucht war. Jetzt wollte ich das Hotel und Kit. Nackt.

„Ich bin zu aufgeregt, um nach den Details deiner Beziehung mit dem fucking Leadsänger der heißesten Band zu fragen. Im Moment." Vi zog mich hinter sich einen Gang entlang, wo ein Techniker mit riesigem Headset uns hinter die Bühne ließ. Er wies uns einen Platz neben der Bühne zu und zeigte dann in Richtung Bühne. Als wenn wir die Band hätten übersehen können. Das Publikum schrie, applaudierte und pfiff. Kreischen. Reese Keeland sagte etwas, aber ich achtete nicht darauf. Ich hatte nur Augen für Kit.

Er sah nach unten, während er seine Gitarre stimmte und den Schultergurt zurechtzog.

Der Schlagzeuger setzte sich an seinen Platz. Auch wenn ich alle Namen kannte, dann nicht, weil ich so ein verrückter Fan wie Vi war, sondern weil ich Kit im Internet gestalkt hatte. Ich hatte das Gefühl sie alle zu kennen. Jeder für sich versprühte Pheromone und war „tätowierter Bad Boy"-heiß.

Aber ich wollte nur Kit.

Mist. Wollte nicht im Sinne von jetzt. Ich wollte ihn heute, so wie damals vor zehn Jahren.

Vi griff meinen Arm und sprang auf und ab wie ein Teenager auf seinem ersten Konzert.

„Ich sehe den Blick", schrie sie, als die Band anfing zu spielen und das Publikum anheizte. „Es ist mehr als eine Schwärmerei, oder?"

Ich sah weiter auf die Bühne und schüttelte meinen Kopf.

„Hallo New York!" Das Publikum drehte durch.

Reese grinste sein typisches Grinsen und überließ Kit das Mikro. „Wir beginnen das Konzert heute mit dem Song, mit dem alles begann." Er spielte die ersten Akkorde von Angel und das Publikum drehte durch. Er drehte den Kopf in meine Richtung, so, als ob er genau wusste, wo ich stand. Mein Herz machte einen Satz, ehe es sich wieder beruhigte. Yeah, ich war so nervös wie Vi.

„Weil die Person, die mich zu diesem Song inspiriert hat, heute hier ist."

Sein dunkler Blick ruhte auf mir, während er begann den Song zu singen.

„Oh. Mein. Gott!" Vi kreischte. „Du bist Angel."

War ich? Der Song handelte davon, jemanden für immer zu verlieren und während Kit das Lied für mich sang, fühlte ich den Schmerz in jeder Zelle. Mir traten Tränen in die Augen und ich musste mich abwenden. Ich wollte nicht, dass Vi meine Tränen sah. Oder auch Kit. Er hatte mir mein Herz gebrochen und mich weggeworfen. Und jetzt?

Was zu Hölle war hier los? Warum stand ich hier wie ein Idiot? Versuchte ich mich gerade umzubringen? Indem ich mich wieder in ihn verliebte? Er war immer noch derselbe alte Kit. Sexy. Intensiv. Meiner. Irgendwo, ganz tief in mir, hat er immer mir gehört.

Kit wand sich zum Publikum und spielte nun für sie. Er sang und spielte, bis er in Schweiß gebadet war, das T-Shirt an seinen Muskeln klebte und seine Tattoos glänzten und Gott, er war so heiß.

Er hatte Angel über uns geschrieben? Ich dachte immer, es ging um eine sterbende Frau. Vielleicht hatte einer aus der Band jemanden bei einem Autounfall verloren oder so etwas. Aber nein, jetzt ergab es einen Sinn.

Er erzählte mir etwas. Nein, er erzählte mir alles.

Ich stand wie angewachsen, während ich das Konzert sah. Ich konnte meinen Blick nicht von Kit nehmen. Er war so gut. So verdammt gut als Rockstar. Bei ihm sah es so einfach aus. Verdammt sexy. Und als er sich vom Publikum verabschiedete, sah er mich erneut an. Dieses Mal nicht, weil er ein Lieb über Liebe und Verlust sang, sondern etwas ganz Neuem. Etwas, dass nie gegangen war. Etwas, dass er haben musste. Ersehnte. Brauchte. Mich.

Während er den Abstand zwischen und verringerte, wurde ich aufgeregt, nervös. Ich zog mein T-

Shirt gerade, obwohl es das schon war, und wischte mir meine Hände an der Hose trocken. Die ganze Zeit über starrte er mich an.

„Ich glaube, ich komme gleich von dem Blick, mit dem er dich ansieht."

Ich hörte Vis Worte, den neckenden Ton, aber ich ignorierte sie. Ich hatte nur noch Augen für Kit, während er seine Gitarre über seinen Kopf hob und in die rechte Hand nahm. Er reichte sie zu Vi, ohne darauf zu achten, ob sie diese auffing. Er wurde auch nicht langsamer, als er mich erreichte, sondern nahm mich in den Arm und küsste mich. Der Kuss im Büro war im Vergleich zu diesem Kuss nur ein sanftes Vorspiel gewesen. Seine Zunge plünderte, sein Mund verschlang. Die Menschen gingen um uns herum. Es war laut und verrückt hinter der Bühne, aber ich kümmerte mich nicht darum. Ich schmeckte nur Kit, fühlte ihn, roch ihn. Ich konnte nicht atmen. Ich brauchte es nicht.

Plötzlich ließ er mich los. Seine Lippen glänzten, seine Augen waren intensiv und dunkel.

„Du kommst mit mir, Kätzchen."

Er wartete nicht auf meine Antwort, sondern nahm nur meine Hand und zog mich mit sich zum Notausgang und weg. Wohin? Ich wusste es nicht, aber es war mir egal. Ich war mit Kit zusammen. Der Rest war egal.

KAPITEL 5

ICH HIELT Crystals Hand in meiner und es fühlte sich an wie eine verdammte Zeitreise. Sie zu berühren war wie Magie und das Einzige was zählte. Scheiße, es war mir seit Ewigkeiten alles egal, es war mir egal, ob ich aß oder schlief oder ob wie auf unserer unendlich langen Tour ein paar Tage frei hatten.

Ich brauchte nur Zeit. Zeit, um sie davon zu überzeugen, dass ich nicht ohne sie leben konnte. Zeit, um die Jahre des Schmerzes wieder gut zu machen. Ich brauchte sie nackt in meinem Bett und ungefähr eintausend Stunden, um ihrem Körper zu huldigen. Für den Anfang.

Ich zog sie zum Hintereingang, nickte dem Türsteher zu und winkte nach dem Mietwagen, der die Band wieder ins Hotel fahren sollte. Wir brachen nie gemeinsam auf und der arme Kerl war so lange in Rufbereitschaft, bis alle da waren, wo sie hin sollten. Cole liebte es mit den sexy Groupies zu flirten, die darauf warteten, ihn nur zu berühren und stundenlang Autogramme zu geben. Reese war so verrückt mit seinem Schlagzeug, dass er niemanden auch nur in die Nähe ließ. Jedes verdammte Mal baute er sein Schlafzeug persönlich ab. Tia würde stundenlang Belege durchgehen und die Verkaufszahlen einsammeln, während Riley und Sebastian die Soundcrew mit irgendwelchen Soundfeintunings an den Rand des Wahnsinns treiben würden. Morgen war unser letztes Konzert der Tour. Forrest und Brian würden sich in der Garderobe entspannen und mit ein paar Mädchen, die zum Konzert gekommen waren, feiern. Alle hatten etwas zu tun, außer mir.

Der Fahrer hielt vor uns an und ich wartete nicht, bis er ausstieg und die Tür aufhielt. Ich öffnete die Tür für Crystal, wie ein verdammter Gentleman, und sie belohnte mich mit einem süßen Lächeln.

Ich kletterte ihr hinterher und schloss die Tür, um die Welt um uns auszusperren.

„Zurück zum Hotel, Alter."

Sein Name war Chris oder Curt oder so etwas. Irgendwas mit ´C´. Aber mal ehrlich, er hatte ein

Gesicht, dass in der Masse unterging. Eine Woche. Eine Nacht. Eine Stunde. In meinem Leben kamen und gingen Leute, die nichts bedeuteten. Abgesehen von der Band und Tia, habe ich in den letzten Jahren mit niemanden mehr als ein paar Tage in Folge gesprochen. Es war erbärmlich. Verdammt einsam. Wir traten auf. Wir schrieben Songs. Wir arbeiten uns einen Wolf.

Und dann? Einsame Stunden im Hotelzimmer. Stunden im Flugzeug, während ich in meinem Kopf mein Leben analysierte.

Ich wusste, dass ich Crystal brauchte, bevor ich die Plakatwand gesehen hatte. Unsere Tour ging morgen zu Ende und wir waren uns einig eine Pause zu machen. Die letzte Show. Ich hatte geplant nach Kalifornien zu fliegen, sie zu finden, auf die Knie zu gehen und um ihre Vergebung zu flehen.

Aber dann hat das Universum sie mir direkt geliefert. Mein *Angel*. Hier in New York, wo alles angefangen hatte. Und geendet.

„Ja, Sir. Mr. Buchanan."

„Danke."

Die Höflichkeitsfloskel kam automatisch und ich war schon dabei die Trennscheibe hochzufahren. Die Band hatte das beste Hotel gebucht und ich konnte es nicht erwarten Crystal auf das Kingsize-bett zu legen, ihren weichen Körper in die Matratze zu drücken und sie dazu zu bringen zu stöhnen, zu wimmern und meinen Namen zu sagen.

Die. Ganze. Verdammte. Nacht.

„Wohin fahren wir?" Crystals Augen blickten mich an, während ihr wunderschönes Gesicht immer wieder von den Straßenlaternen angestrahlt wurde. Sie hatte ihre Hände im Schoß gefaltet und sah nervös aus.

„Ins Hotel."

„Oh."

Als die Trennscheibe sich endlich mit einem dumpfen Geräusch schloss, hob ich meine Hand an ihre Wange. Ich konnte nicht aufhören sie anzusehen. Konnte nicht aufhören zu starren. Verdammt, ich hatte *nie* aufgehört sie zu wollen. Ich strich mit meinem Daumen über ihre volle Unterlippe und fragte mich, ob sie ihren Cherry-Lipgloss aufgefrischt hatte.

„Kit, du weißt, dass das hier verrückt ist, oder?" Ihre Stimme war atemlos, sanft.

„Nein. Nicht verrückt," widersprach ich. „Überfällig."

Sie blinzelte und sah aus dem Fenster. Schmerz. So sah Schmerz auf dem Gesicht meines Kätzchens aus. Und es war meine Schuld. Ich habe sie verletzt, sehr. Ja, ich habe es zu ihrem Besten getan und mir dabei selber das Herz gebrochen. Aber das war jetzt vorbei. Sie war jetzt erwachsen, eine erfolgreiche Schriftstellerin. Ich war reich, berühmt und hatte alles, was ich wollte. Alles, außer sie. Im Vergleich zur Liebe konnte Erfolg nicht mithalten. Ich hatte den Ruhm erlangt, aber nicht das Mädchen.

„Warum tust du das? Warum bist du heute zu meiner Signierstunde gekommen?" Sie sah mich ganz kurz an, ehe sie sich wieder abwandte.

„Können wir im Hotel darüber reden? Es sind nur ein paar Blocks."

„Okay", sie seufzte, aber ich wollte nicht, dass sie so viel nachdachte. Wenn ihr schlaues Köpfchen erst einmal anfing zu arbeiten, würde sie mich wahrscheinlich aus dem verdammten Wagen schubsten und mich zur Hölle jagen.

Also küsste ich sie. Nicht zu fest, nicht zu stürmisch. Nicht so, als würde ich ihr die Klamotten vom Leib reißen, ehe wir in meiner Suite ankamen. Ich küsste sie, weil sie mich glücklich machte. Weil der dumpfe Schmerz in meiner Brust verschwunden war, seit sie in meiner Nähe war. Sie hatte *jeden* Schmerz vertrieben.

Wir lagen gerade in einer engen Umarmung, als der Wagen vor dem Hotel anhielt. Der Fahrer hatte nicht einmal Zeit uns zu warnen. Die Angestellten im Hotel waren erstklassig und schnell. Zu schnell.

Die Tür öffnete sich und das helle Licht des Hotelfoyers flutete das Innere des Wagens. Crystal öffnete die Augen, legte ihre Hände wieder in ihren Schoß und sah fort. Das gefiel mir nicht.

Ich stieg aus und blockierte die Sicht des Hotelpagen, während ich ihr beim Aussteigen half. Ihre Jeans und das Top mit den Cutouts an den Schultern umschmeichelte jede einzelne ihrer Kurven. Ihr langes blondes Haar hatte sich gelöst und fiel in weichen, sexy Wellen über ihre Schultern. Allein der Anblick turnte mich unglaublich an.

Nackt. Nass. Bettelnd. Das war es, wie ich sie brauchte. Weich und nachgiebig und bereit mich mit ihrem weichen Körper zu empfangen.

Sowie sie ausgestiegen war, legte ich ihr meinen Arm um und führte sie ins Hotel. Wir sprachen kein Wort, während wir an den riesigen Gestecken, Kronleuchtern und Kunstwerken vorbeigingen. Die Fahrstuhltür öffnete sich sofort und die Angestellten begrüßten mich mehrfach mit meinem Namen, während wir in meine Suite gingen.

Fünfter Stock. Balkon mit Blick über den Central Park. Die Wände so dick, dass man ein Rockkonzert geben konnte, ohne die Nachbarn zu stören. Alles roch nach Geld. Aber Tia hatte darauf bestanden. Als wir vor ein paar Jahren die Marke von zehn Millionen verkauften Alben erreicht hatten, hat sie darauf bestanden, dass wir während der Tour nicht in irgendwelchen Absteigen unterkamen.

Es war mir egal, wo ich schlief. Wirklich. Hauptsache Crystal war in Zukunft bei mir.

Ich fischte die Schlüsselkarte aus meinem Portemonnaie, öffnete die Tür und sie ging hinein, ohne ein Wort zu sagen. Die Vorhänge waren offen, um die Lichter der Stadt reinzulassen und die Aussicht war unglaublich.

„Wow."

„Unglaublich, oder?" Ich steckte die Schlüssel-
karte zurück und warf mein Portemonnaie auf den
Beistelltisch an der Tür. Der Raum war mit dem
Kingsizebett, dem riesigen Fernseher und einem
Bad so groß, dass ein Laster darin parken konnte,
mehr als ausreichend für mich.

Ich wollte sie, aber ich hatte gerade zwei
Stunden auf der Bühne gestanden und geschwitzt
wie Sau. Ich würde mich nicht so meinem Mädchen
nähern. Und reden und küssen würde dazu führen.
Also, ja. Erst duschen. „Ich springe schnell unter die
Dusche und dann reden wir.Okay. Ich habe es wirklich nötig." Ich zog mir das T-Shirt über den Kopf.

Sie schmunzelte und etwas in meiner Brust löste
sich. „Ich weiß."

Ich musste grinsen und ging ins Bad ohne die
Tür hinter mir abzuschließen. Ich wollte sie nicht
aussperren und ich wollte keine verschlossene Tür
zwischen uns. Es war vielleicht verrückt, aber ich
wollte nicht, dass sie das Schloss einrasten hörte,
dass sie aus meinem Traum erwachte und weglief.

Ich hatte mich in Rekordzeit ausgezogen und
stand so schnell es menschlich möglich war unter
der Dusche. Jede Minute, die ich hier verbrachte,
war eine Minute, in der etwas schiefgehen konnte.

Wenn ich nicht so verschwitzt und ekelig riechen
würde, hätte ich sie bereits nackt und unter mir.

Die Seife roch nach Ingwer, Zitrone und nach
irgendeinem anderen Scheiß, den ich normalerweise
nicht benutzen würde, aber es half. Ich hatte eine

Mission und je schneller ich sauber wurde, umso besser. Ich schloss die Augen und wusch mir die Haare. Ich spülte gerade das Shampoo aus und hielt mein Gesicht unter das heiße Wasser, als ich ihre Hände auf meinem Rücken spürte.

KAPITEL 6

MEINE AUGEN schossen auf und mein Schwanz war sofort hart, als ich sie nackt vor mir in der Dusche sah.

Fick.Mich.

„Hi."

„Hi."

Sie hob ihre Hand an meine Brust und malte kleine Kreise, die jeden verfickten Gedanken aus meinem Kopf vertrieben. Nichts. Es war nichts mehr in meinem Kopf außer ihr. Aber der Anblick ihres nackten Körpers. Sie kam näher und ihre Augen waren verschleiert vor Lust und Geheimnissen und Verlangen. „Ist es ok, wenn wir später reden?"

Grünes Licht. Frei Fahrt.

Verdammt, ja.

Meine Antwort bestand darin, meine Lippen auf ihre zu senken und sie noch näher an mich heranzuziehen.

Unsere Münder verschmolzen und ich vergaß zu atmen. Es war nicht der Kuss des süßen Mädchens, das mir vor all den Jahren seine Unschuld geschenkt hatte. Dieser Kuss war heiß und nass, ihre Lippen forderten eine Antwort.

Mein Schwanz pulsierte und schwoll zwischen uns beiden schmerzhaft an. Ihr Körper war weich und anschmiegsam und ich erkundete fieberhaft jeden Zentimeter den ich erreichen konnte mit dem erbärmlichen Verlangen ihre Kurven neu kennenzulernen, mein Revier zurückzuerobern. Ihre Haut war so weich, ihre Kurven voller als in meiner Erinnerung.

Mein. Sie war mein.

Ich schob sie gegen die gefliese Wand und küsste eine Spur ihren Körper hinunter, ich unterbrach, um ihren Brüsten zu huldigen und an ihren Nippeln zu saugen, ich rieb mit meinen Bartstoppeln so an ihrer Hüfte, dass sie schauderte wie früher.

Ich ließ mich auf meine Knie hinab, schob ihre Beine auseinander und benutze meine Hände, um sie für mich, für meine Zunge, zu öffnen.

Sie krallte sich in meine Haare und ihre Beine

begannen zu zittern, aber ich hörte nicht auf und war nicht sanft.

Ich sah hinauf und traf ihren verschwommenen Blick. Ja, sie war hier bei mir.

Es gab keine Zärtlichkeit in mir, nicht jetzt. Ich musste sie meinen Namen schreien hören. Ich musste fühlen, wie ihre Pussy pulsierte und sich um meine Finger zusammenzog, während ich ihre Klit in meinen Mund sog. Ich musste *erobern*.

„Kit." Mein Name war eher ein Wimmern, als ein gesprochenes Wort.

Ja. Das war, was ich hören musste.

Ich sog und leckte, ließ zwei Finger in sie gleiten, während ich sie mit meinem Mund bearbeitete, und erinnerte mich genau daran, wie sie es früher gemocht hatte. Sie kam nach ein paar Sekunden und ihre weichen Schreie waren schöner als jeder meiner Songs.

Wenn ich einen Song schreiben konnte, der so klang wie die Frau, die ein Mann liebte, wenn sie kam, wäre ich der reichste Mann der Welt. Ich konnte die ganze Nacht zuhören und das würde ich auch.

Ihre Beine waren zu schwach, um sie aufrecht zu halten, als ich nach dem Wasserhahn griff. Aber ihre Hand ergriff meine und hielt mich auf, ehe ich den Griff erreichte. „Nein. Ich will dich hier. Genau so. An der Wand, wie früher."

Fuuuuuck.

Ihre Worte brachen das Bild zurück. Whitmore hatte erstklassige Umkleiden mit Duschen und keiner von uns hatte je das Bedürfnis nach Hause zu gehen. Ihr Zuhause mit einer Mutter, die zu viel trank, und einem Vater, der mehr jammerte, als zu arbeiten. Meins mit den Eliteuni-Eltern, die nie mit meiner Leistung zufrieden waren und voller Erinnerungen an zwei ältere Brüder, an die ich nie heranreichen würde.

Wir haben nach dem Training viel Zeit in der Dusche verbracht, gegen die Wand gefickt, direkt neben den anderen Mädchen des Fußballteams in ihren Duschkabinen.

Ich hatte ein Spiel daraus gemacht, jeden Seufzer und Lustschrei von ihre mit meinem Mund zu fangen, damit wir nicht von ihren Teamkameraden ein paar Schritte entfernt erwischt wurden.

Sie zeigt auf den Fliesenboden vor der Dusche und ich sah ein kleines schwarzes Päckchen. Ein Kondom. Sie war vorbereitet. Sie wollte die ganze Zeit hier gefickt werden. Als ich sicher war, dass sie wieder alleine stehen konnte, öffnete ich die Tür, griff nach dem Kondom und riss die Verpackung auf.

„Lass mich", sagte sie

Ich widersprach nicht, als sie es mir abnahm. Aber als sie meinen Schwanz in die linke Hand nahm und begann das Kondom abzurollen, konnte ich ein Stöhnen nicht unterdrücken. Ihr Halt war heiß und eng, sie wusste, wie sie mich anfassen musste. Das Kondom war in Rekordzeit übergerollt und sie hob eine blonde Augenbraue. Als ihre Lippen anfingen zu zucken, wusste ich, dass ich etwas gegen ihren Übermut unternehmen musste.

„Dreh dich um. Hände an die Fliesen." Meine Stimme war tief, befehlend, aber sie musste nur nein sagen und ich würde sie ins Bett tragen und sie langsam und zärtlich lieben. Aber das war nicht das, was sie wollte und als sie sich wie befohlen umdrehte und ihre Hände auf die Fliesen legte, strich ich ihr mit der Hand den Rücken hinab. „Mach einen Schritt zurück. Mehr. Gutes Mädchen. Jetzt beuge dich vor, damit ich einen guten Blick auf deinen perfekten Arsch bekomme."

Während sie sich in Position brachte, beobachte sie mich über ihre Schulter dabei, wie ich sie beobachtete.

Ihre Hüften waren breiter als in meiner Erinnerung, ihr Arsch hatte die perfekte Herzform. Er flehte darum geschlagen zu werden und ich tat es, ein verspielter Schlag. Sie versteifte sich, biss sich auf ihre Lippen. Ich beobachtete ihre wippende Brüste und meinen Handabdruck auf ihrer hellen Haut.

„Wofür war das?"

„Dafür, dass du so verdammt heiß bist." Ich glitt mit einem Finger über ihre tropfende rosa Pussy.

„Kit!", schrie sie und wackelte mit ihrer Hüfte.

„Was willst du, Kätzchen?"

„Dich", wimmerte sie, als ich die Hand wegnahm.

Ich trat näher an sie, griff ihre Hüfte, brachte meinen Schwanz in Position und stieß direkt in sie. Ein langer, verdammt perfekter Stoß.

„Oh, Gott", stöhnte sie.

„Fuck", stöhne ich. Ich schloss meine Augen und mein Griff wurde fester. „Das erste Mal wird ein wenig grob werden. Danach werde ich jeden Zentimeter erforschen. Die ganze Nacht lang."

„*Ja.*"

Danach wurde nicht mehr gesprochen. Ich konnte nicht mehr. Meine niedrigsten Instinkte übernahmen die Kontrolle und ich nahm sie hart. Ficken. Erobern. Fordern.

Rein. Raus. Ich war nicht gerade sanft, aber es schien sie nicht zu stören. Die Art, wie sie meinen Namen stöhnte und mir ihren Arsch bei jeden Stoß entgegenstreckte verriet mir, dass sie es so wollte. Hart.

Ich gab es ihr.

Verdammt, ich wünschte, ich würde kein Kondom tragen, aber wir mussten erst miteinander reden. Erst ficken, dann reden. Wenn sie mein war, konnte ich sie ohne Kondom ficken und mit meinem Samen markieren. Bei dem Gedanken zogen sich meine Eier zusammen und ich war kurz vorm Kommen.

„Komm, Crys. Komm auf meinen Schwanz."

Ich weiß nicht, ob sie kam, weil ich es befohlen hatte oder weil es so verdammt gut war. Es war egal, denn als ihre enge Pussy begann um meinen

Schwanz zusammenzuziehen, wusste ich, dass sie kam. Ich kam direkt nach ihr, pumpte meinen Samen heraus und in das Kondom, während sie mich melkte.

Sie würde an der Hüfte blaue Flecke von meinen Griff bekomme, aber es war mir egal. Ihr auch. Es war nur ein weiteres Zeichen für meinen Anspruch, dafür, ihr dass zu geben, was sie brauchte.

Mich.

Ich stellte das Wasser ab, nahm sie auf den Arm und trug sie aus dem Bad. Das war die erste Runde gewesen. Runde zwei fand im Bett statt.

 *rystal*

„ICH SOLLTE dich jetzt einem Nickerchen überlassen und gehen", sagte ich.

Ich hatte den Doppelorgasmus für ein paar Minuten genossen, aber es wurde Zeit der Wahrheit ins Auge zu sehen. Erstens: Kit war so gut, wie ich ihn in Erinnerung hatte. Besser. Verdammt. Zweitens: Er war nur ein One-Night-Stand. Egal was er auch sagte—und er hatte gesagt, dass er reden wolle — er würde mich nicht davon abbringen zu gehen. Ich würde nicht hier übernachten. Es war kein und-wenn-sie-nicht-gestorben-sind. Er hatte mir bereits einmal das Herz gebrochen. Ich würde es nicht noch einmal zulassen. Das hier war einfach nur Sex. Wirklich, wirklich verdammt guter Sex.

Kit lag neben mir auf dem Rücken und hatte einen Arm über seine Augen gelegt. Ich beobachtete ihn, als er einen Mundwinkel hochzog. Der Rest von ihm? Ja, er war nackt und unbedeckt und verdammt heiß. Sein Schwanz war noch immer steif. Und groß.

„Du solltest."

Er ließ seinen Arm sinken und drehte sich auf die Seite. Er griff nach dem Laken und zog es so über mich, dass die untere Hälfte bedeckt war, aber das Aufblitzen in seinen Augen verriet mir, dass er bewusst unterhalb meiner Brüste gestoppt hatte.

„Sie sind größer, als in meiner Erinnerung", sagte er, während er sie betrachtete.

„Ja, viele Sachen verändern sich in zehn Jahren."

Sein Lächeln verflog.

„Ich habe dich in den Nachrichten verfolgt", sagte er. Er sah mir in die Augen und hielt den Blick. „Ich bin so stolz auf dich."

Es tat gut, es von ihm zu hören. Meine Eltern hatte es nie zu mir gesagt. Ein paar Freunde, ja, aber niemand, von dem es mir etwas bedeutet hätte.

„Danke."

„Wirklich, Kätzchen. Du hast das gemacht, was du vor hattest."

Ich sah weg und schluckte. Seine zärtlich Worte machten es nicht leicht für mich. „Nicht alles."

Als er nichts sagte, sah ich ihn an.

„Dein Traum war es, von Zuhause wegzugehen. Nach Stanford zu gehen."

„Ja, aber auch deine Frau zu sein."

Selbst wenn ich Kit ein Messer in die Brust gerammt hätte, hätte sein Gesicht nicht so schlimm ausgesehen. Er sah gequält aus.

„Du hast jemand anderes geheiratet." Seine Stimme war ganz ruhig.

Ja, Robert. Gott, er war ein Fehler gewesen. „Du warst nicht gerade eine verfügbare Option."

Ich wollte mich aus dem Bett rollen und mich anziehen, aber er hielt mich zurück. Seine Berührung war sanft, aber ich würde nirgendwo hingehen.

„Sag es." Seine Augen waren dunkler. Er war wütend, aber nicht auf mich. „Sag es, Crys. Du hast jahrelang darauf gewartet es mir in Gesicht zu schreien. Los."

„Du hast mit Lindsey Mack geschlafen. Du hattest dich entschieden."

Er strich sich übers Gesicht und seufzte. „Erinnerst du dich daran, was meine Eltern gesagt haben, was sie tun würden, wenn ich weiter Musik mache?"

Seine Eltern waren reich und eingebildet, der äußere Schein war wichtiger als Menschen. Zumindest waren sie damals so gewesen. Der Name Buchanan war so berühmt wie Kit. Nun, nicht mehr. Er hatte sich selbst einen Namen gemacht, ohne die Unterstützung seiner Eltern.

„Sie hatten gedroht dich zu enterben."

Er lächelte darüber. „Eine Sache, bei der man

sich sicher sein kann ist, dass sie keine leeren Versprechungen machen. Am Labor Day Wochenende, als anderen ins Studentenwohnheim gezogen sind, bin ich ausgezogen. Ohne Geld, ohne Dach über dem Kopf."

Gott, dass musste wirklich hart gewesen sein. Meine Eltern hatten sich zwar nie um mich gekümmert, aber ich hatte eine Unterkunft, ein Vollstipendium für vier Jahre in Stanford. Ein Bett im Wohnheim, Mensaessen, alles. Er hatte nichts.

Ich ließ mir absichtlich Zeit und sah mich im Zimmer um, dieses unglaublich teure Hotelzimmer für berühmte Stars und Präsidenten. „Es sieht so aus, als wenn es die richtige Entscheidung gewesen war, deinen Eltern den Stinkefinger zu zeigen."

Er gab ein schwaches Lachen von sich. „Ja, das habe ich. Ich hatte nichts, Kätzchen. Ich *war* nichts. Und du? Du hattest eine Zukunft. Deine Träume sind alle wahr geworden. Das konnte ich nicht kaputtmachen."

Mir gefiel nicht, in welche Richtung das Gespräch ging. Ich bekam ein flaues Gefühl im Magen. „Du warst ein Teil meiner Träume", antwortete ich.

Er schüttelte den Kopf. „Nein. Ich hätte die Träume zerstört. Jeden einzelnen. Du musstest nach Stanford gehen. Musstest allen zeigen, wie clever, wie verdammt perfekt du warst. Und das hast du."

Ich sprang aus dem Bett und lief im Zimmer umher, ohne mich darum zu kümmern, dass ich nackt war. Ich sah runter auf den noblen Teppich und wie meine nackten Füße im Teppich versanken. Hin und her, während ich mir das Gehörte durch den Kopf gingen ließ. Ich blieb stehen. Ich könnte schwören, mein Herz war stehengeblieben. Langsam drehte ich mich zu ihm um. „Du hast nicht mit Lindsay Mack geschlafen."

Die Worte waren nicht mehr als ein Flüstern, aber er hörte mich. Er leugnete es nicht. Sagte nicht, dass ich mich irrte.

„Oh, mein Gott, Kit. Warum?"

Ich begann zu weinen, als ich mich an den Moment erinnerte, an dem er mich weggestoßen hatte. Er hatte mir das Herz gebrochen. Er hatte nicht wie ein Typ ausgesehen, dem es gleichgültig war. Er hatte versucht, wie ein Arschloch auszusehen und es war ihm gelungen. In meinen schwärzesten Stunden hatte ich geglaubt, in seinen Augen eine Spur Schmerz, Qual, gesehen zu haben, aber nur für den Bruchteil einer Sekunde. Ich hatte mich dafür gescholten, dass ich mir diesen Blick eingebildet hatte, aber der Blick war keine Erfindung meiner Fantasie. Ich sah ihn jetzt wieder.

Er war für einen Moment ruhig. Zehn Jahre hatte er die Wahrheit verschwiegen. Zehn Jahre, in denen ich das Schlimmst von ihm dachten, obwohl er es für mich getan hatte.

„Du musstest gehen. Du hast davon gesprochen, dein Stipendium abzulehnen, um bei mir zu bleiben. Das konnte ich nicht zulassen."

Ich konnte ihn durch meine Tränen kaum erkennen.

„Aber—„

„Komm her." Seine Stimme war sanft, aber ich konnte den bestimmten Unterton hören.

Ich ging zum Bett und kniete mich darauf. Er schlug die Decke zurück und zog mich an sich heran. Er deckte uns beide zu und wir lagen uns gegenüber, so nah, dass ich die dunklen Flecken in seinen Augen sehen konnte.

„Du hättest mich nicht ohne guten Grund verlassen. Ich musste dein Herz brechen und das tut mir unendlich leid. Aber du wärst sonst geblieben und das konnte ich nicht zulassen."

„Du hattest nicht das Recht für mich zu entscheiden", antwortete ich und wischte mir die Tränen aus den Augen.

„Doch, dass hatte ich. Du was mein. Um dich zu lieben. Um dich vor den Arschlöchern an der Schule zu beschützen und am Ende vor die selbst. Ich konnte nicht zulassen, dass du für mich deine Zukunft aufgeben würdest."

Ich schüttelte den Kopf und die Tränen flossen erneut. Gott, was hatte er getan. Er hatte mein Herz gebrochen, aber ich verstand es. Und er hatte Recht. Ich war achtzehn Jahre alt und dumm gewesen. Ich war bereit gewesen mein Stipendium an Stanford sausen zu lassen, um ihm nach New York zu folgen. Und dann was? Kellnern und versuchen genug Geld fürs College zu verdienen, während er auftrat?

Er war stark gewesen und viel schlauer als ich, zumindest, wenn es um uns beide ging. Er hatte mich genug geliebt, um mich gehen zu lassen und ich konnte nur versuchen mir vorzustellen, wie er sich dabei gefühlt haben musste.

„Und jetzt?", fragte ich.

„Und jetzt haben wir eine zweite Chance. Ich will dich in meinem Leben."

Zehn Jahre war eine lange Zeit. Wir waren jetzt ganz andere Menschen als damals. Sein Leben war total verrückt und er lebte wie in einem Aquarium, immer von der Öffentlichkeit beobachtet. Abgesehen von dieser Werbetour lebte ich sehr zurückgezogen. Ich saß zuhause am Schreibtisch und schrieb. Ja, ich liebte ihn immer noch. Ein Teil von mir würde ihn immer lieben, aber wir waren nicht nur verschiedenen Menschen, auch unsere Lebensstile waren unterschiedlich. Ich war keine Frau, die Groupies, Drogen und Fremdgehen ertrug. Ganz bestimmt nicht.

„Was ist mit all diesen Frauen?" fragte ich und versuchte das Gefühl der Eifersucht zu verdrängen.

„Welchen Frauen?", fragte er und mir fiel die Kinnlade runter. Welche Frauen? Hielt er mich für bescheuert? Eine blinde, taube Idiotin?

Ich hörte auf zu Weinen. „Welche Frauen?", fragte ich. „Es gibt Millionen Fotos im Internet. Muss ich dich googeln? Ich habe die Bilder mit den Schönheiten, die förmlich an dir kleben, vor meinem inneren Auge. Viele Schönheiten."

„Eifersüchtig?", fragte er und machte mich wütend. Was sollte ich da antworten? Eifersüchtig? Ja. Seit Jahren. Aber er gehörte nicht mir. Kit hatte mir eine wirklich lange Zeit nicht mehr gehört.

Mein Schweigen ließ ihn die Stirn runzeln und der stichelnde Unterton verschwand aus seiner Stimme. „Du warst verheiratet. Hattest ein Haus. Warst verliebt. Ein Arschloch hat dir einen Ring an den Finger gesteckt und ich war verdammt eifersüchtig. Wie sollte ich sonst damit umgehen?"

Ich dachte an Robert. Unsere Ehe war eine Farce gewesen. Ich hatte geglaubt mit ihm glücklich zu sein und hatte nicht nur mich selbst belogen. Ich hatte ihn nie geliebt. Ich habe nie jemand anderes als Kit geliebt.

„Es hat nicht funktioniert. Ich habe mich vor zwei Jahren scheiden lassen. Es…es gab seit dem keinen anderen."

Ich sah die Hitze in seinem Blick und wusste, es war wirklich eine lange Zeit ohne Mann. Zwei Jahre. Vor heute Nacht hatte ich das Gefühl, in meiner Scheide wachsen Spinnenweben.

„Ich werde nicht lüge, es gab andere Frauen in meiner Vergangenheit, aber keine von ihnen hat mir etwas bedeutet, Crys. Ich habe keine von ihnen geliebt. Es gab immer nur dich. Als du dann geheiratet hattest, musste ich dich gehen lassen. Ich habe versucht, dich zu vergessen."

„Und jetzt?", fragte ich.

Er rollte mich auf den Rücke und beugte sich

über mich. Er strich mir mit einem Finger Haare aus dem Gesicht. „Jetzt gehörst du mir."

Das war alles, was ich von ihm hören wollte. Ich hatte davon geträumt, dass er bei mir klingeln würde und mich zurückhaben wollte, mir sagte, dass ich sein werden sollte. Es war nicht geschehen. Arbeit. Uni. Eine beschissene Ehe und eine schmerzhafte Scheidung. Meine schöne naive Unschuld war dahin, wie Blumen, die mit Säure gegossen wurden. Ich wusste, was das hier war. Der richtige Ort, der richtige Zeitpunkt, viel Chemie. Aber ich war nicht mehr das naive Mädchen von früher. Es war nur diese eine Nacht. Nur eine Nacht. Ich konnte nicht von ihm erwarten, dass er für mich sein Leben, die Frauen, Touren oder Partys aufgeben würde. Er war ein Rockstar. Er war nicht mehr mein Kit. Er gehörte der ganzen Welt. Da konnte ich nicht mithalten. Ich wollte es nicht einmal versuchen, wenn ich schon vorher wusste, dass es mein Herz brechen würde.

WIR HABEN beide unsere Träume verwirklicht, aber dabei sind wir immer weiter auseinander gewachsen. Es konnte auf lange Sicht nicht funktionieren. Aber ich hatte ihn jetzt. Heute Nacht. Ich konnte diese Nacht nehmen und zu der besten Nacht meines Lebens machen. Ich dachte an den Sex, seine Hände, Küsse, an seinen Schwanz und wusste, ich war nach langer, langer Zeit wieder glücklich.

Als er seinen Kopf senkte, um mich zu küssen, küsste ich ihn zurück, als wenn es das letzte Mal wäre. Nein, ich würde mich nicht rausschleichen, während er schlief. Berufsverkehr, Termine und das echte Leben würde früh genug über uns hereinbrechen. Und als er mit seinem Knie meine Knie spreizte und zwei Finger in mich gleiten ließ, wusste ich, dass es zu den schwersten Dingen in meinem Leben gehörte, ihn zu verlassen.

 *rystal*

ICH ERWACHTE WARM und eingekuschelt in Kits Armen. Oh, mein Gott. Die letzte Nacht. Kit Kaswell.

Ich hatte mich ausgezogen und war zu ihm in die Dusche gegangen. Ich war beim Sex nie bestimmend. War es mit Kit nie gewesen, bis jetzt. Er hatte gesagt, er wollte duschen und ich hatte ihn mir nackt unter dem fließenden Wasser vorgestellt. Seine Muskeln und ich hatte an seine Tattoos gedacht, die ich sehen wollte. Kaum hatte ich seinen Rücken berührt, hatte er die Führung übernommen.

Die. Ganze. Nacht.

Ich war an Stellen wund, die ich ganz vergessen hatte.

Ich lag mit dem Rücken zu ihm und sein Schwanz presste hart und dick an meinen Hintern. Ein Arm lag um meine Taille und hielt mich fest und seine Hand lag auf meiner Brust. Sie passte perfekt hinein.

„Guten Morgen", sagte er mit rauen Stimme, die vom Schlaf noch ganz tief war.

Seine Hand liebkoste meine Brust und seine Finger begannen meinen Nippel zu reizen. Es war nicht so wild und ungestüm wie in der Dusche, sondern eine sanfte Verführung. Und sie funktionierte.

„Mmmm", murmelte ich. „Schon wieder?", fragte ich, als er seine Hüfte bewegte.

„Immer." Er beugt sich vor und küsste die Stelle, an der mein Nacken in die Schulter überging. Als Teenager war es keine besondere Stelle gewesen, aber jetzt gefiel es mir auf jeden Fall. Und er wusste es. Er hatte es auch um drei Uhr nachts gewusst, als ich mit seinem Kopf zwischen meinen Beinen aufgewacht war. Wow, ein Orgasmus zum Aufwecken.

Aber jetzt, jetzt musste ich auf die Toilette.

Ich wand mich aus seinem Griff und glitt aus dem Bett. Ich sah über meine Schulter und sah, wie er mich mit einem frechen Grinsen beobachtete.

Während ich ins Bad ging, schüttelte ich den Kopf und sagte: „Du bis so böse."

Er warf das Laken zur Seite und griff nach seinem Schwanz, der mich letzte Nacht mindestens dreimal hatte kommen lassen, und streichelte ihn. „Ganz genau."

Ich schloss die Tür hinter mir und lehnte mich an das kalte Holz. Ich atmete auf, als ich ein Telefon klingeln hörte, bevor er fluchte und mit jemanden sprach.

Das echte Leben hatte uns zurück.

Ich war in Schwierigkeiten. Ich sah in den Spiegel und sah eine Frau, die gut durchgevögelt worden war. Mein Haar stand in alle Richtungen, meine Haut war besonders rosig und meine Nippel waren hart. Ich trat näher an den Spiegel und entdeckte einen Knutschfleck auf meiner Brust. Kit hatte sich sehr intensiv mit meinen Brüsten befasst, aber ich hatte nichts von dem Knutschfleck bemerkt. Der würde wohl ein paar Tage bleiben.

Ein Lächeln schlich sich auf meine Lippen. Tage. Ich würde weg sein. Nein, er würde weg sein, aber der Knutschfleck noch nicht. Ich brauchte keinen roten Fleck, um mich an unser Zusammensein zu erinnern. Ich würde es nicht vergessen. Niemals. So wie ich unsere gemeinsame Zeit als Teenager nie vergessen hatte.

Es war nur diese eine Nacht. Sie war unglaublich gewesen, aber er würde mein Bett und mein Leben verlassen. Ich würde allein zurück zu meinem Hotel laufen. Scheiße. Ich war der Groupie, den er letzte Nacht nach dem Konzert mit auf sein Hotelzimmer genommen hatte und ich war der Groupie, der mit krummen Beinen in den

Klamotten vom Vorabend das Hotel wieder verließ. Und die Hotelangestellten? Sie würden alles bemerken. Alles.

Es war so peinlich.

Kit würde die Band nicht für uns aufgeben und ich wollte ihn nicht aufhalten. Die Partys, die Frauen, der Lifestyle. Gott, dieses Hotelzimmer. Ich war noch nie in so einem Raum gewesen, geschweige denn hatte davon geträumt. Alles roch nach Geld, von den Daunendecken bis zu dem dicken cremefarbenen Teppich unter meinen Füßen. Nein, dass war nicht mein Leben. Es war Zeit in die Wirklichkeit zurückzukehren. Es war immer sein Traum gewesen ein Rockstar zu sein und ich hatte noch nie von einer Hausfrau in dem Zusammenhang gehört.

Und ich war keine Frau, die geduldig Zuhause sitzen und warten würde, während er monatelang auf Tour war. Fernbeziehungen waren Bockmist und ich wusste, ich war nicht dafür gemacht. Ich würde eine Fernbeziehung mit Kit nicht überleben.

Als ich aus dem Bad kam, saß Kit auf der Bettkante.

„Tia hat angerufen. Ein TV-Sender hat für uns Zeit in einer Nachmittagssendung. Ich muss los."

Der Schmerz begann. Der Verlust. Dies Mal war es meine Schuld, ich hatte ihn an mich herangelassen und jetzt musste ich mit dem Schmerz leben, ihn nicht halten zu können.

„Ich muss duschen." Er trat zu mir und strich

mir über die Wange. Warum musste er so verdammt süß sein?

Ich hatte einen Kloß im Hals und konnte nur nicken.

„Gib mir zehn Minuten, dann ist mein Mund wieder auf deiner Pussy, ehe ich los muss."

Besagte Pussy wurde sofort feucht von seiner Stimme und der Vorstellung, wie er vor mir auf dem Boden kniete, seine Hände an meinen Hintern legte und meine Klit gierig und rücksichtslos leckte.

Er gab mir einen Kuss auf die Stirn und verschwand im Bad. Als ich das Wasser laufen hörte, wusste ich, dass ich gehen musste. Wenn er nur mit einem Handtuch um die Hüften aus dem Bad kommen würde, würden sich meine Vorsätze in Luft auflösen.

Ich griff nach meinen Klamotten, zog mich an, fand meine Geldbörse. Ich konnte aber nicht ohne eine Nachricht verschwinden. Ich wusste, ich hatte nicht die Kraft es ihm ins Gesicht zu sagen – er würde mich nur unter sich begraben – eine Nachricht musste reichen. Er konnte nicht mit einem Zettel auf dem Kopfkissen diskutieren.

Ich fand Stift und Block vom Hotel und schrieb eine kurze Nachricht. Da. Fertig. Ende.

Ich warf einen letzten Blick auf die geschlossenen Badezimmertür, dachte an den Mann, der dahinter gerade seinen traumhaften Körper einseifte und verließ das Hotelzimmer. Verließ Kits Leben. Verließ ihn.

* * *

Kit

MEIN SCHWANZ WAR SO VERDAMMT HART. WIEDER. Ich war wie ein Teenager, der seine Hormone nicht unter Kontrolle hatte. Verdammt. Ich hatte sie dreimal gevögelt und war noch nicht fertig. Ich bezweifelte, dass ich es je würde. Ich rieb über meinen Schwanz. Nein, ich würde nichts in der Dusche verschwenden. Mein Vergnügen, mein Samen war nur für sie. Ich wollte sie füllen, ohne Kondom. Nichts sollte zwischen uns sein.

Ich stöhnte, weil mir meine Eier wehtaten. Ich griff nach der Seife und wusch mich, so schnell es ging. Ich wickelte mir ein Handtuch um die Hüfte und rieb mir mit einem zweiten die Haare trocken.

„Leg dich aufs Bett und spreiz deine reizenden Beine schön weit. Ich will deine Pussy zum Frühstück." rief ich.

Als ich die Tür öffnete, erwartete ich eine gehorsame und begeisterte Crystal. Das Bett war leer.

„Crys?", rief ich, aber ich wusste, sie war fort. Ihre Kleidung lag nicht mehr auf dem Fußboden.

Ich sah die Nachricht

. . .

DIE LETZTE NACHT WAR UNGLAUBLICH. Danke. Es war schön dich wiederzusehen. Ich muss gehen. Autogrammstunde um zwei. Viel Erfolg mit der Tour. - Deine C

„SCHEISSE", murmelte ich und zerknüllte den Zettel in meiner Faust.

Als ich die Tür geöffnet hatte, hatte ich damit gerechnet auf eine sehr folgsame und begierige Crys zu treffen.

Typisch Schriftsteller, hatte sie eine Nachricht geschrieben. Ich sollte sauer sein, wütend auf sie. Ich war es nicht. Ich liebte sie nur noch mehr. Jetzt, da sie fort war, ohne dass ich wusste wohin, verletzt, hatte ich das Gefühl mit einem Buttermesser ausgeweidet zu werden. Ich konnte mit nur vorstellen, wie sie sich dabei fühlte, *uns* zurückzulassen. Wieder. Dieses Mal gab es keine Lügen zwischen uns. Sie wusste, dass ich sie liebte. Sie wusste, dass ich für sie gegangen war und sie hatte zugegeben, dass es die richtige Entscheidung für uns beide gewesen war.

Also ich auf das leere Bett starrte, erkannte ich, dass ich einen verdammt großen Fehler gemacht hatte. Einen kolossalen Fehler. Ich hatte nur von der Vergangenheit gesprochen.

Ich liebte sie jetzt und ich hatte es ihr nicht gesagt. Ich war so damit beschäftigt in ihr zu ertrinken, dass ich es nicht in Worte gefasst hatte. Ich hatte sie geküsst und ich hatte sie gefickt und ich hatte vergessen ihr zu sagen, was ich wollte.

Sie. Für immer. Mit einem goldenen Ring an ihrem Finger und jede Nacht in meinem Bett, für den Rest meines Lebens.

Fuck, ich ließ sie nicht wieder verschwinden. Meine Band? Ja, sie war mein Leben gewesen, aber die Jungs kamen auch ohne mich klar. Crystal war jetzt mein Leben. War es immer gewesen, aber ich hatte die Musik viel zulange an erste Stelle gestellt. Ich hatte Geld. Ruhm. Ich konnte mich jetzt um sie kümmern. Es war Zeit, dass sie an erster Stelle kam. Zeit zu leben. Und das konnte ich nicht ohne sie. Ich musste ihr zeigen, dass es funktionieren konnte. Das Verfolgen unserer Träume und uns gegenseitig zu haben, schloss sich nicht mehr kategorisch aus. Wir waren nicht mehr achtzehn. Wir waren keine hungernden Künstler mehr, die ihren Eltern ausge-liefert waren.

Wir konnten sein, was immer wir wollten. Wir konnten tun, was immer wir wollten. Zusammen.

Ich ließ das Handtuch fallen, ging zu meinem Telefon und rief die einzige Person an, die mir helfen konnte.

„Tia, ich brauche deine Hilfe."

KAPITEL 9

 *rystal*

VIS HAND LAG wie eine Schraubzwinge um mein Handgelenk, aber ich hatte nicht die Energie mich zu wehren. Ich hatte ein Déjà vu, als wir die volle Arena betraten. Tausende Menschen strömten in die Halle wie ein Strom aus Gesichtern, der um mich herum floss. Fahrstuhl hoch. Runter. In einem gleichmäßigen Strom die Gänge entlang. Alle aufgeregt und strahlend, lachend und glücklich standen sie in langen Schlangen an, um ein T-Shirt mit dcm Nightbird Albumcover vorne und den Tourdaten hinten zu kaufen. Oder Kits Gesicht.

Das Gesicht. Es tat weh, es überall auf Postern zu sehen.

Alle wollten ein Teil von ihm.

„Was machen wir hier? Du hast gesagt, wir würden ein paar deiner Freunde hier in der Stadt treffen." Wir hatten die Pläne vor zwei Wochen gemacht. Es war Vis Heimatstadt und sie hatte gekreischt, als sie gesehen hatte, dass die Promotour hier mit drei Tagen endete. Ich war ausgelaugt, zumindest mental. Je mehr ich versuchte die letzten vierundzwanzig Stunden zu vergessen, um so mehr rebellierte meine Körper. Ich konnte Kit noch immer in mir spüren, wie er mich küsste, was er mich *fühlen* ließ.

„Vertrau mir", Vi zog an mir und ich strauchelt vorwärts in die Menge, versuchte in ihr unterzutauchen. Vi hatte darauf bestanden, dass wir uns heute Nacht stylen sollte. Keine Jeans. Ich war von einem Club ausgegangen, laute Musik, viel Alkohol, keine schmerzhaften Erinnerungen und hatte mich entsprechend gekleidet. Ein enger schwarzer Minirock umschmeichelte meine Kurven. Meine Absätze waren zu hoch, aber die schwarzen Riemen, die sich sexy um meine Knöchel wickelten vermittelten mir den Eindruck, kein hoffnungsloser Fall zu sein. Mein Haar war offen und ich hatte mir mit dem Make-up viel Zeit gelassen, um darunter mein momentanes Elend vor dem Rest der Welt zu verbergen.

Etwas Wein und tanzen und vielleicht würde ich Kit vergessen. Aber hier? Es würde nicht funktionieren, ich fühlte mich scheiße, aber immerhin sah ich gut aus.

Ich schüttelte den Kopf und ließ mich von ihr mitziehen. Ich atmete erleichtert auf, als wir bei dem Türsteher vorbeigingen, der uns gestern in den Backstage-Bereich gelassen hatte. Ich brauchte keine Wiederholung der Kit Buchanan-Show. Der Mann hatte sich bereits in meine Seele gebrannt.

Ich wusste nicht, was Vi vorhatte, aber es war mir auch egal. Ich lief wie durch dichten Nebel, seit ich Kit heute Morgen verlassen hatte. Ja, ich sah keine Zukunft für uns, aber des bedeutet nicht, dass es nicht wehtat.

Ein lauter Rocksong erklang aus der Halle und Vi lief noch schneller. „Beeil dich, wir kommen zu spät."

„Zu spät für was? Vi, ich weiß, du magst die Band, aber ein Konzert war genug."

Könnte ich je wieder einen ihrer Songs hören, ohne zu weinen.

Ich war nicht bereit Nightbird noch einmal zu sehen. Ich hätte ihr von letzter Nacht erzählen sollen, davon, wie ich Kit verlassen hatte. Wir waren kein Paar. Wir waren nichts. Aber wenn ich es erklärt hätte, hätte ich angefangen zu weinen und ich hatte genug über das *was wäre wenn* mit ihm geweint.

„Du wirst schon sehen." Sie grinste und ich riss meine Hand frei, als Kits Bandmanagerin, Tia, kam. Sie trug Hose und Bluse und sah mehr nach Geschäftsfrau als Bandmanager aus. Aber egal. Sie war klein, aber knallhart und ich respektierte es.

„Vi. Crystal. Endlich. Ihr seid spät dran."

Spät?

Vi zuckte mit den Schultern. „Ich habe mein Bestes getan."

Tia betrachtete mich von oben bis unten, nickte zufrieden und nutze eine Schlüsselkarte, um die Tür hinter sich zu öffnen. Hinter ihr sah ich einen leeren Gang mit vielen Türen. „Was ist hier los? Vi, ich schwöre, wenn du irgendeinen merkwürdigen Publicity-Stunt geplant hat, bringe ich dich um."

Tia hob ihre Hände und scheuchte uns wie Schafe durch die Tür. Ich hatte den Eindruck, als würden alle anderen bestimmten und ich wusste nicht, was ich unternehmen sollte. Und, ganz ehrlich gesagt, war ich noch nie so neugierig gewesen. „Los. Los. Los."

Vi trat in den Gang und ich folgte ihr. Die Musik war hier auch laut, aber merkwürdig gedämpft. Der Bass wurde so sehr gedämpft, dass ich den Song nicht erkennen konnte.

„Rechts. Geht rechts." Tia folgte uns und schloss die Tür hinter sich, prüfte, dass diese wirklich zu war und nickte einem riesigen Türsteher zu, den ich bis dahin nicht bemerkt hatte. Er stellte sich vor die Tür, so als wären wir Gefangene, keine Gäste.

Tia hastete den Gang hinunter und unsere Absätze klangen in einem lauten Staccato durch den Gang, während Vi und ich ihr folgten.

„Vi", beschwerte ich mich. „Lass uns einfach in eine Bar oder so gehen." *Und … alles vergessen.*

Sie ignorierte mich einfach. Verdammt soll sie sein.

Es schien, als würden wir ewig laufen und der gebogene Gang erstreckte sich endlos, das Ende immer hinter der Kurve.

Tia ging zu einer weiteren verschlossenen Tür und benutzte ihre Karte. Als die Tür aufging, standen auf beiden Seiten zwei große Männer. Tia begrüße sie und wies dann auf mich: „Gentlemen, das hier ist Crystal. Könnt ihr sie bitte zu ihrem Platz führen?"

Einer der Männer streckte den Arm aus, damit ich ihn begleitete. Was zur Hölle war hier eigentlich los?

Ich sah noch einmal zu Vi, deren Miene ausnahmsweise mal nichts verriet, und folgte dem Mann den Gang entlang. Vi und Tia folgten mir. Mit jedem Schritt wurde die Musik lauter, bis es fast wehtat.

Noch drei Schritte und wir gingen um eine Ecke. Der Mann öffnete eine kleine Tür und nickte, als ich an ihm vorbei…auf die Bühne ging.

Heilige. Scheiße.

Ein sanfter, aber bestimmter Schubs und schon stolperte ich so weit auf die Bühne, dass das gesamte Publikum mich sehen konnte. Ich blickte über meine Schulter und konnte gerade noch sehen, wie die Tür zufiel. Ich war allein. Naja, so allein wie es ging, nur ein paar Schritte von Kit entfernt mit ein paar Tausend kreischenden Fans vor der Bühne.

Gott, er sah in seiner Rockerkluft aus alter Jeans und schwarzem T-Shirt einfach gut aus.

Der riesige Bildschirm hinter der Band flackerte und veränderte sich, als Kit die Band anwies mit dem Spielen aufzuhören. Die psychedelischen Farben verblassten und ich sah mich selbst auf dem Monitor. Mich. Ungefähr 7 Meter groß.

Kit hielt seine Hand hoch und die Menge verstummte, wartete gespannt. Es schien, als als wüssten sie ein großes Geheimnis und hielten gemeinsam den Atem an.

Kits Grinsen ließ mein Herz aussetzen, aber er sah nicht mich an, als er mit der Masse sprach. „Erinnert ihr euch noch an die Geschichte, die ich euch vor ein paar Minuten erzählt habe?"

Schreie drangen durch die Halle und meine Hände schlossen und öffneten sich an meiner Seite. Welche Geschichte?

Stimmen erklangen aus der Menge.

Heirate ihn!

Glückliches Miststück!

Wenn du ihn nicht willst, nimm ich ihn!

Tu es nicht Kit! Ich liebe dich!

Ehe ich irgendetwas verstand, begann die Band unser Lied zu spielen. Mehr als Hintergrundmusik denn als Performance. Unser Lied. Das Lied, das wir bei unserem ersten Mal gehört haben. Das Lied, das er für mich gesungen hat, wenn ich nackt in seinen Armen lag. Das Lied, das mir jedes Mal das

Herz brach, wenn ich es im Radio hörte. Woher wussten sie es? Oh, Gott, Kit hatte es ihnen erzählt. Sie wussten es. Nein, sie waren eingeweiht.

Oh. Mein. Gott. Was tat er? Ich begann zu zittern. Kit liebte es vor tausenden Fans auf der Bühne zu stehen. Ich nicht. Ich hasste das Schein-werferlicht.

Kit kam zu mir und ließ sich auf ein Knie hinab. Mir fiel die Kinnlade runter.

„Crystal, ich weiß, dass du Angst hast. Ich weiß, das hier ist verrückt, aber ich liebe dich. Ich will keinen Tag mehr ohne dich leben. Ich kann nicht mehr."

Die Schreie der Menge wurden immer lauter und forderten mich auf ihn zu küssen oder auch in die Eier zu treten. Manche baten ihn, es nicht zu tun. Es war verrückt. Dieser Moment war verrückt.

Ich sah in Kits Gesicht hinab, fand seinen Blick und alles andere verschwand. Es gab nur noch ihn und mich. Uns. Und ich sah alles in seinen Augen. Liebe. Hingabe. Verzweiflung. Verlangen.

„Die Band? Sie ist vielleicht mein Traum, aber du bist mein Leben. Bitte, sag einfach ja." Er sagte es so leise, dass es nicht übers Mikrofon kam. Nur zu mir. „Wir müssen nicht wählen. Wir können eine Lösung finden. Gib mir eine Chance. Wir können alles haben. Zusammen."

Der Ring glänzte mit einem inneren Feuer, als Kit ihn auf meinen Finger schob. Ich sah vom Ring zu ihm und merkte, dass ich ihm noch nicht geant-wortet hatte. Ich hatte gedacht, es wäre Entweder-oder. Unsere Träume oder unsere Liebe. Er hatte Recht. Wir *konnten* beides haben. *Ich* konnte beides haben. Ich war Autorin. Ich konnte überall arbeiten. Und ich wollte nur bei ihm sein.

„Crys? Ich liebe dich. Ich habe dich immer geliebt. Bitte, heirate mich." Die Band hörte auf zu spielen und das Licht erlosch bis auf einem Schein-werfer, der uns beide anstrahlte, so als wären wir die einzigen zwei Menschen auf der Welt.

Hitze strich über meine Wangen und ich erkannte, dass ich weinte. Alles in mir tat weh und der Schmerz war heftig und tat doch verdammt gut. Ich nickte, hob aber meine Hand. „Unter der Bedingung, dass ich nie wieder auf eine Bühne muss."

Er grinste und er sah so gut aus. Er hatte alles, was er wolle, genau wie ich. Es hatte zehn Jahre gedauert, aber jetzt war es Zeit für uns alles zu haben, was unsere Herzen sich wünschten. Wir haben hart dafür gearbeitet. Haben es verdient.

„Deal. *Weib*."

Ich beugte mich vor, um ihn zu küssen und alles, was ich fühlte mit ihm zu teilen, auch wenn die ganze Welt zuschaute. Plötzlich war es mir egal. Sollen sie doch zuschauen. Er gehörte mir.

Die Masse drehte durch, aber ich ignorierte sie. Ich interessierte mich nur für den Mann, der gerade aufstand und mich in den Arm nahm. Seine Lippen legten sich wieder auf meine und ich war überwältigt von ihm, von dieser Liebe, die wie eine Bombe in meiner Brust explodiert war und mich in Stücke riss.

Ich konnte mich nicht gegen ihn wehren. Ich hatte es nie gekonnt.

 *wei Monate später...*

Crystal

LONDON. Amsterdam. Berlin, letzte Woche.

Ich seufzte und kuschelte mich auf die Couch in Kits Garderobe im Keller des Stadiums. Es war das dritte Konzert in London. Wir hatten bereits alle Touristenattraktionen besucht. Er hatte mich letzte Nacht in unserem Hotelzimmer über das Sofa gebeugt, mir den Verstand raus gevögelt und mir mit einem englischen Akzent dreckige Dinge erzählt. Er war wirklich gut darin seinen Akzent anzupassen, egal wo wir waren. Ich zog ihn damit auf, dass er ein CIA Sprachexperte oder Spion hätte werden sollen, anstatt Rockstar. Morgen ging es nach Dublin, irischer Whiskey, überall grün und Kit hatte mir versprochen mich nackt auszuziehen und mir dann in einem sexy irischen Akzent etwas zu erzählen.

Das klang spannend.

Der laute Bass des Konzerts drang durch die Wände und ich wippte lächelnd mit dem Fuß mit, weil ich wusste, dass mein Mann sein Ding machte. Er teilte seine Leidenschaft mit der Welt.

Laptop offen schrieb ich. Ich war fast fertig. Nur noch ein paar Seiten und ich hatte es geschafft, ich konnte dieses Baby an meinen Lektor schicken und eine Pause machen.

Kit war auch bereit für eine Pause. Acht Wochen Tournee. Ich habe erstaunliche Orte gesehen und jede Minute genossen. Aber alles, was ich wirklich wollte war Kit, ein warmes Bett und ein paar faule Tage, an denen wir nirgendwo hin mussten und nichts zu tun war. Er hatte zugestimmt und Tia gezwungen, die Termine für das neue Album zu verschieben. Wegen mir—oder unserer neu gefundenen Liebe—hatte die ganze Band entschieden einen Gang runterzuschalten. Sie haben so lange hinter ihrem Traum hergejagt, dass sie gar nicht bemerkt haben, dass er in Erfüllung gegangen war. Es wurde Zeit ein wenig zu leben.

Vor allem jetzt. Besonders für mich und Kit. Der Doktor hatte mir grünes Licht gegeben und wir konnten die Kondome weglassen. Ich nahm lange genug die Pille, um nicht schwanger zu werden. Ich konnte Kit endlich geben, was er sich schon so lange gewünscht hat, mich, ohne etwas zwischen uns. Beim nächsten Mal gab es kein Latex zwischen uns. Nichts, nur Haut an Haut. Er hatte gesagt, er wolle mich mit seinem Samen füllen, markieren. Diese dreckigen Worte turnten mich an und ich wollte ihn.

Ich hatte noch zwei Wochen warten wollen, bis wir uns am Strand das Ja-Wort gaben, bis zu unserer Hochzeitsnacht. Ja, wirklich, aber ich wollte Kit ohne etwas in mir. Ich wollte wissen, wie es sich Haut auf Haut anfühlte. Und Kit würde für immer mein sein.

Ich drehte die Lautstärke bei meinen Kopfhörern hoch, damit ich mich besser konzentrieren konnte. Die Deadline für dieses Buch würde *nicht* unsere Hochzeit oder Hochzeitsreise ruinieren, in der wir am Strand liegen werden und wie die Kaninchen ficken.

Eine Stunde später schob ich meinen Laptop zurück in seine Tasche, fertig. Das Gute an meinem Beruf als Schriftsteller war, dass ich im wahrsten Sinne des Wortes überall auf der Welt arbeiten konnte, solange ich nur Internet hatte. Das bedeutete, ich konnte mit der Band reisen und immer noch mein Geld mit dem verdienen, was ich liebte. Keiner von uns musste seine Träume aufgeben, damit wir zusammen sein konnte. Vi hatte sich für mich gefreut, weil ich arbeite und mit Kit zusammen sein konnte. Verdammt. Sie wollte nur dauerhaft Zugang zu ihrer Lieblingsband und den heißen Jungs—außer Kit.

Die Tür ging auf und da stand er.

Ein Rock-Gott.

Mein Rock-Gott.

„Hi."

Ich lehnte mich auf dem Sofa zurück und lächelte, als ich meine Beine zu einer offenkundigen Einladung spreizte. Ich hatte gerade zwei Stunden lang eine der heißesten Sexszenen *ever* geschrieben und auf ihn gewartet. „Hi."

Mein Kleid war wie eine zweite Haut und darunter trug ich nichts, so wie er es liebte. Es war blau, genau wie meine Augen und ich hatte das Outfit für heute Nacht aufgehoben, für unsere letzte Nacht in London, nur um ihn verrückt zu machen.

Er schloss die Tür hinter sich und drehte den Schlüssel um, ein Geräusch, das mich vor Erwartung schaudern ließ. Er hatte kein Interesse in Aftershowpartys, Groupies oder dem Rest der Band. Wenn das Konzert vorbei war, wollte er nur mich.

„Hast du mir gerade deine nackte Pussy gezeigt?"

„Ja." Ich hob eine Augenbraue und wiederholte es. „Was wirst du deswegen unternehmen?"

Er kam auf mich zu, ohne den Blickkontakt zu unterbrechen. Als er sich vor mich kniete und seine großen Hände über meine Schenkel gleiten ließ, konnte ich kaum atmen. Auf diesen Moment hatte ich den ganzen Tag gewartet. Wenn die

Arbeit getan war, gab es nur noch uns. So wie jetzt.

Kniend beugte er sich vor und küsste mich, während er mit seinen Händen mein Kleid hochschob. Ich war von der Taille aus abwärts bis auf die Schuhe nackt, das Oberteil noch am Platz, Haare und Make-up perfekt. Die kalte Luft traf auf meine nasse Mitte und ich fühlte mich wie ein böses Mädchen und ich liebte es. Ich liebte es, dass Kit seine Hände nicht von mir lassen konnte.

Er küsste mich, als wäre ich für ihn die Luft zum Atmen und ich verschmolz mit ihm, bereit im alles zu geben, was er wollte, alles, wofür er mich brauchte. Kit knabberte seinen Weg meinem Nacken entlang und öffnete meine Schenkel weiter mit seinen Schultern. „Was willst du, dass ich deswegen unternehme?"

Ich lachte, glitt mit meinen Absätzen seine Beine entlang und legte sie schließlich um ihn. „Bring meine Welt zum Beben."

Er stöhnte, senkte seinen Kopf und fand durch den Stoff meinen Nippel. Er verschwendete keine Zeit. Mit einer bestimmten Bewegung zog er mich an die Kante des Sofas und nahm meine Pussy mit seinem Mund in Besitz. Er nahm mich, ließ zwei Finger in mich gleiten, während er mit dem Mund meine Klit bearbeitete.

Ich explodierte in Rekordzeit und schrie noch seinen Namen, während er schon seine Hosen auszog und seinen dicken, harten Schwanz herausholte. Er griff nach einem Kondom und ich stoppte ihn. „Brauchen wir nicht."

„Was?" Sein Blick traf meinen und ich sah die reine Lust, Verlangen, Verwirrung. Sein Schwanz hatte die Kontrolle über sein Gehirn, also erklärte ich es ihm.

„Ich habe heute mit der Arzthelferin gesprochen. Sie sagt, es ist in Ordnung. Ich nehme die Pille lange genug, um nicht schwanger zu werden."

Kit warf das kleine Päckchen zu Seite und stürzte sich auf mich, küsste mich, während sein Schwanz mit einem einzigen Stoß tief in mich glitt.

Er erschauderte und seine Reaktion gaben mir das Gefühl mächtig und weiblich zu sein und als hätte ich gerade die Welt erobert.

„Gott, Crystal. Ich habe es noch nie ohne getan. Mit keiner. Es ist so gut. Es ist so verdammt gut."

Das Reiben von Haut an Haut war erstaunlich und so intim. Es gab nicht zwischen uns. Nichts. Und das würde es auch nie. Nie wieder.

„Ich liebe dich, Kätzchen."

„Ich liebe dich auch."

Und das waren die letzten Worte, die wir für eine lange Zeit gesagt haben.

* * *

Lies Ihr geheimer Milliardär nächstes!

Er hatte allen Frauen abgeschworen...bis er sie traf.

Jack war nach Alaska gezogen, um ein wenig Ruhe und Frieden zu finden und jede Woche kam Versuchung in Form der schönen, aber stacheligen Anna. Wenn er daran dachte, wie gut sie mit dem Steuerhebel ihres Wasserflugzeugs umging, fragte er sich, wie gut sie mit ihm umgehen konnte. Er brauchte sie raus aus ihrem Flugzeug und in seinem Bett.

Anna hat einen Plan...und mit dem sexy, Bad Boy Milliardär, der sich im Wald versteckte, ins Bett zu gehen, gehörte nicht dazu. Sie wollte sich nicht in einem Mann in der Wildnis verlieben. Sie wollte weg. Sie hatte keine Lust mehr auf die Kälte, die Dunkelheit und die einsamen Nächte. Ihr Traum war es, in einen südlicheren Bundesstaat zu ziehen. Ihr einziges Problem? Jack. Als ein Sturm sie zu einer gefährlichen Notlandung zwingt, flammt die Leidenschaft auf.

Eine Nacht in den Wäldern mit einem Möchtegern-Holzfäller gestrandet zu sein, sollte kein Problem sein. Es ist nur eine Nacht. Stimmt's?

Stimmt's?

Lies Ihr geheimer Milliardär nächstes!

ÜBER DIE AUTORIN

Jessa James ist an der Ostküste aufgewachsen, leidet aber an Fernweh. Sie hat in sechs verschiedenen Staaten gelebt, viele verschiedene Jobs gehabt und kommt immer wieder zurück zu ihrer ersten großen Liebe – dem Schreiben. Jessa arbeitet als Schriftstellerin in Vollzeit, isst zu viel dunkle Schokolade, ist süchtig nach Eiskaffee und Cheetos und bekommt nie genug von sexy Alphamännchen, die genau wissen, was sie wollen – und keine Angst haben, dies auch zu sagen. Insta-luvs mit dominanten, Alphamännern liest (und schreibt) sie am liebsten.

HIER für den Newsletter von Jessa anmelden:
http://bit.ly/JessaJames